殺戮《さつりく》の渦《うず》

八木悟
Satoru Yagi

文芸社

殺戮の渦

●主な登場人物

〈国豊会〉

清水谷如水　国豊会会長、元最高裁判事

三雲勝也　国豊会政務総括、衆議院議員、日本飛翔会会長

黒柳久尚　国豊会外務総括、元外務次官

城之崎丙午　国豊会財務総括、大日本重工業社長

末堂　毅　国豊会保安総括、二十一世紀東洋戦略研究所所長、元陸上幕僚長

柚川伊織　国豊会政務総括補佐、衆議院議員、〝昭和の魔人〟の孫

上柳泰三　会長秘書、上柳法律事務所所長

山岸健也　会長秘書、上柳法律事務所所員

白河由美　会長秘書兼看護婦、上柳法律事務所所員

柚川伊兵　〝昭和の魔人〟

柚川伊一郎　元衆議院議員、〝昭和の魔人〟の息子

〈草風建設〉

草葉貞宗　草風建設相談役、三雲勝也代議士の有力後援者

草葉貞義　草風ビルメンテナンス社長、草葉貞宗の長男

倉橋秀樹　草風建設財務部長、草葉貞宗の娘婿

椎名孝道　草風建設社長

〈三雲勝也事務所〉

三雲勝則　第一秘書、三雲勝也の長男

佐倉次郎　私設秘書

〈三雲勝也ブレーン他〉
有森博信　高輪大学政治経済学部教授
梁瀬幸太郎　政治評論家、元毎朝新聞記者
玉城竜一　武拳大竜館館長
宍倉彰伸　武拳大竜館師範代兼事務長
〈二十一世紀東洋戦略研究所〉
入来智輔　副所長、元陸上幕僚次長
垣内茂雄　総務部長、元陸上自衛隊特殊部隊員
〈関七ユニオンバンク〉
松岡竜太郎　関七ユニオンバンク代表
柏木紀彦　関七ユニオンバンク副代表
〈鴉丸組〉
丸目　亮　佐倉の友人
丸目珠代　亮の姉
丸目亮助　鴉丸組創設者、亮の祖父
丸目順三　鴉丸組二代目組長、亮の父
村瀬重行　剣道道場主、重秋の父
村瀬重秋　鴉丸組若頭
陣屋弘道　村瀬重秋のボディーガード
〈維新武士団〉
猪狩雄治　団長
〈ダッハシュタイン銀行関係者〉
フリードリッヒ・フォン・シュルツ　ダッハシュタイン銀行頭取

シュウェーリン・フォン・シュルツ　ダッハシュタイン銀行前頭取、フリードリッヒの父
ハインツ・フォン・アンベルク　ダッハシュタイン銀行取締役、フリードリッヒの甥
マリア・フォン・アンベルク　フリードリッヒの妹でハインツの母
バーグマン　ダッハシュタイン銀行保安部長、元タウエルン（オーストリアのガンメーカー）社保安部渉外担当部長
エリック　タウエルン社保安部員、元バーグマンの部下
ギルバート　タウエルン社保安部員、元バーグマンの部下
ブラウェン　ミュンスター（ドイツの中堅建設会社）社長
シュレーダ　ミュンスター取締役兼草風建設副社長
モロトフ　ラークオイル社（ロシアの大手石油会社）社長

〈その他〉
サムソノフ　元KGB工作員
ジョージ・馬場　元米海兵隊員ジョージ・ウィルソン、草葉貞義の息子
桐野光弘　警視庁刑事部参事官、佐倉の友人
堀江　茂　宮城県警警部

殺戮の渦

一

オーストリア第三の都市・リンツから、ドナウ河に沿って二〇キロほど下流の小都市・トゥワイスに、ダッハシュタイン銀行がある。

一九三八年三月のナチスドイツによるオーストリア併合後、一部のドイツ軍高官は、強制収容所に送った多くのユダヤ人から不法に手に入れた財産の隠し口座として、ダッハシュタイン銀行を利用した。

第二次大戦後、それらの大部分は引き取られないまま地下の金庫室に眠り、それがそのままダッハシュタイン銀行の莫大な隠れ資産に変貌した。

ダッハシュタイン銀行頭取であるフリードリッヒ・フォン・シュルツは、約六百五十年間ヨーロッパに君臨したハプスブルク家に繋がる家柄で、幼少期には、ドイツ国防軍オーバーエスタライヒ軍管区司令官の公邸として使われたこともある、トゥワイス郊外の古城に住んでいた。その古城は、十六世紀初めに十年かけて建設されたもので、外観からは、ゴシック（Gothic）からルネッサンス（Renaissance）への過渡期の様式が見てとれる。戦後、古城はオーストリア政府に寄贈されて、観光局の管理下に入った。

現在、シュルツ頭取は、かつてその居住性のよさから別邸として使われていた館に住んでいる。蔦に覆われた広壮な石造りの館は、やはりナチスの時代、ナチ党（国粋社会主義ドイツ労働党）幹部やドイツ国防軍高級将官達の社交クラブとして、おおいに重宝がられた。

一九五五年、分割占領していた連合国（英・仏・ソ・米の四カ国）から独立したオーストリア共和国（Republic of Austria）は、その外交方針を永世中立とした。一九九四年にEEC（European Economic Community 欧州経済共同体）、九五年にはEU（European Union 欧州連合）に加盟している。

オーストリアは九つの州からなる連邦共和制で、北海道とほぼ同じ面積を持つ。人口は約八百十万、公用語はドイツ語である。首都ウィーンは第三の国連都市ともいわれ、IAEA（国際原子力機関）やUNIDO（国連工業開発機関）などの国連機関本部がある。一二七〇年にハプスブルク家・ルドルフ大公がオーストリア王権を設立してから第一次世界大戦が終るまで、ウィーンはハプスブルク家の帝都であった。

一九六〇年代の経済成長期に入ると、館の周辺はその景観のよさから内外の富豪向け高級別荘地帯として、ダッハシュタイン銀行傘下の不動産会社によって開発された。別荘の所有者は、すべて銀行の重要顧客である。

館のセキュリティーは、周辺の別荘とは比較にならない堅固さを有している。以前、ボヘミアから不法入国した数名の難民の侵入があった。彼らは、高さ三メートルの鉄柵を乗り越えるや即座にセンサーで発見され、米国NIJ規格レベルⅡ仕様（National Institute of Justice 米国司法省研究所基準の防弾レベルで、Ⅰ、ⅡA、Ⅱ、ⅢA、Ⅲ、Ⅳの六段階ある）の防弾ベストを着用した私設警備員が駆けつける前に、すでにドーベルマンの群れに襲われていた。庭内に犬の唸り声と侵入者達の逃げ惑う悲鳴が響いた。彼らは手足の肉や腱を噛みちぎられ、ただちに病院に運ばれた。

トゥワイスから南西八〇キロほど離れた所に、標高二九九五メートルのダッハシュタイン山（Dachstein）がある。そこはヨーロッパアルプス最東端の氷河があり、夏スキーの舞台となっている。

その山名に由来するダッハシュタイン銀行は、一八三〇年に創業され、十八世紀に建てられた重厚な四階建ての建物を本店としている。特定の富裕層のみを対象とした非上場・非公開のプライベートバンク（Private Bank）である。支店はなく、メディアによる宣伝もしないため、知名度はない。「マウス・ツウ・マウス（口から口へ）」によって紹介されてくる客のみを相手にしている。

オーストリアには、世界有数のガンメーカーが数社ある。ダッハシュタイン銀行本店から数ブロック離れた一郭に、その一つであるタウエルン社が本社をおいている。一八八〇年創業で、それに関わったシュルツ家は大株主であり、シュルツ頭取は取締役に名を連ねている。タウエルン社は、ヨーロッパ最大のガンマーケットを持つドイツや他のＮＡＴＯ（North Atlantic Treaty Organization 北大西洋条約機構）諸国よりも、むしろ中南米・アジア・中近東などの発展途上国に多く出荷している。その職種柄、各国の軍・警察から闇の武器商人まで少なからず接点を持っている。一世紀以上に及ぶ歴史は、表と裏側の世界で目に見えない強固なネットワークを作り上げていた。

スイスの銀行は、厳格な秘密主義に包まれている。預金者は、「ナンバーズ・アカウント」を希望すれば、名前を記入することなく秘密番号で大金を預けることができる。帳簿には口座番号と預金残高があるだけで、個人を特定できるものはない。従って、帳簿から犯罪者の口座を捜し出すことは不可能である。預金の引き出しは、いかなる場合でも本人単独の同意なしにはできない。また、二十年間受取人不明の預金は、銀行の所有になるという。そのシステムは、一九三四年制定の「スイス銀行業務法」で国際的にも保護されている。この年は、ヒトラーがドイツの「総統」に就任し、「国家元首兼国防軍最高司令官」となった年でもあるが、悪名高いゲシュタポの介入さえも阻止した。スイスの銀行にとって、預金者の国籍はない。その匿名性と安全性を求めて、世界中から富豪や独裁者がスイスに集まる。

ダッハシュタイン銀行は、当然のことながらスイスの銀行のような形態ではないが、極秘に、いわゆる地下銀行を運営している。悪質な富豪からマフィアなどの非合法組織まで、特殊な顧客を多数持つ。法的保護がないため、金に絡むトラブルは避けられない。紳士的手法では解決できないことが往々にしてある。そのため、タウエルン社のその種のネットワークをしばしば活用する。

シュルツ頭取のボディーガードや館の警備員は、すべてタウエルン社の英国代理店を兼ねた警備会社からの派遣であり、特別な訓練を受けたプロ達である。

シュルツ頭取は毎朝八時、厚さ三センチの防弾ガラスとアラミド繊維（ＡＦ）で補強されたチタン合板のボディーを持つ、防弾・防爆仕様のベンツで出社する。アラミド繊維には高強力な「アラ系」と難燃性の「メタ系」があるが、両方を重ね合わせた特殊なものを使用している。その助手席には、近接戦闘に適したコンパクトなヘッケラー＆コッホＭＰ５Ｋを膝上のコートの下に忍ばせ、SIGP226自動拳銃を脇のホルスターに収めたSAS（Special Air Serviceイギリス陸軍特殊空挺部隊）出身のボディーガードが常に座る。

この日、シュルツ頭取はいつもより早く銀行に出社した。

「本人の確認はすでにできております」

秘書は、来客がすでに役員応接室で待っていることを報告すると、A3版サイズで厚さ一〇ミリほどの樹脂製ケースを渡した。その書類ケースは難燃性と防水性を兼ね備え、一度封印すると部外者の盗み見が不可能な構造になっている。ダッハシュタイン銀行が重要文書用に使用するもので、あらかじめ先方に送付していたものである。

訪問者の顔写真のデータは、すでに銀行のスーパーコンピュータに入力されており、来客は受付でパスワード（password）を提示して確認されていた。

シュルツ頭取は、書類ケース端部に付いた金色のリングに人差し指を入れ、ゆっくり引くと埋め込まれた樹脂製の糸がケースの封印を破った。中から書類を取り出し、満足気に秘書に告げた。

「私の応接室にご案内してくれ」

来客は少しでも緊張を和らげようと、熱帯魚の大きな水槽を眺めていた。大小各種のカラフルな熱帯魚が休みなく回遊している。水槽の横には説明パネルが取り付けてある。高級種や珍種はいないようだ。死んだ小さなルリスズメダイの体を、アデヤッコやキイロハギが先程から執拗につっついている。食いちぎっているのだ。数分で体の半分が食べられ、半身が不気味に浮遊している。この一見平和そうな水槽の中でも、残酷なことが自然の営みとして行われている。

小さなノックの後、秘書が入って来た。

頭取専用応接室は、同じ四階フロアの役員応接室から部屋が二つ離れた所にある。内装はいたって簡素にできている。壁には高名な画家のものと思われる静物画が一枚掛けられているが、下隅のサインの判読はすぐにはできない。他に高価な美術品はなく、ハイテク機器がその代用をしている。絵と反対側の壁には超薄型の四〇インチ液晶ディスプレイが掛けられ、机上にはノート型パソコンが置かれている。それらの無機質の美は、機能的な部屋にうまく調和している。

窓の外には、ヨーロッパ大陸古くからの大動脈である青きドナウが、ゆったりと流れている。ドナウ河はドイツ南部の森林を源泉とし、八カ国を経由して黒海に注ぐ、長さ二八六〇キロの国際河川である。

セキュリティーは完璧である。建物すべての窓ガラス外面には特殊なフィルムが貼られ、強化と遮光を兼ねている。窓ガラスは、外側は防弾、内側は電磁波遮断用の特殊な二重構造である。電磁波遮断ガラスは、パソコンや携帯電話などの周波数帯である三〇～一〇〇〇メガヘルツの電磁波を遮るために、内部には髪の毛よりもさらに細いステンレス製針金がメッシュ状に入っている。内壁面や天井は高級板材で仕上げてあるが、内面にはシールド板が埋められている。

防音を兼ねた厚いシールドドアを開けて、気品ある中年女性がコーヒーを載せたワゴンを押して静かに入って来た。部屋にブルーマウンテン№1の香りが漂い始め、それは来客の高ぶった神経を柔らかくほぐした。

シュルツ頭取と日本からの来客は、少しの談笑後、CD－ROM（Compact Disk Read Only Memory）に収められた資料を、大型液晶ディスプレイで見ながら小一時間ほど打ち合せた。その後、シュルツ頭取は片腕であるハインツ・フォン・アンベルク取締役を呼んだ。まだ若いが、その風貌や自信に満ちた話し方は、幼稚化した日本ではなかなかお目にかかれない。二人は来客をエレベーターまで見送った。真紅の絨毯が敷かれた廊下は静寂さに包まれており、上機嫌なシュルツ頭取の高い声が一層その静けさを不気味なものにさせた。

エレベーターホールには、スーツ姿の保安員が一人立っている。胸にＩＤ（identification）カードをつけているが、首からぶら下げていないのは、その種の行動に不向きだからである。

手首には、この建物内専用の腕時計を兼ねたリスト型受発信機を装着している。

アンベルク取締役は、名刺サイズで欧米ではその高性能な特長からスマートカードと呼ばれている非接触型ＩＣ（Integrated Circuit）カードを、胸ポケットから取り出した。そして、小さなカードリーダーに近づけ、エレベーターを起動させた。外来者にとって、銀行関係者がいないことにはどの部屋にも入れず、また建物内を自由に移動することもできない。

来客はこのエレベーター内で、この建物に入って初めて一人で移動することになった。極度の緊張から解放され、無意識に神経の安全弁でもある大きなため息が出た。その一部始終は、天井の照明灯に擬したドームカメラによって、中央監視室にある十数個のモニターの一つに映し出されていた。


一階の広いエントランスホールには、一般の銀行に常備されている接客用カウンターやＡＴＭなどはない。内装は十九世紀中頃の様式で、壁には絵画が多数掛けられている。ホール内は、スウェーデン映画「みじかくも美しく燃え」で使われた、モーツァルトのピアノ協奏曲第二十一番第二楽章の美しい調べが流れていた。それらは、高級ホテルのロビーのような落ち着いた雰囲気と信頼感を醸し出しているが、来客にはゆっくりと絵画を鑑賞する精神的余裕はない。周囲から目に見えない圧迫感が、常に肌に突き刺さっていた。

来客は、受付の女性に首に掛けていたゲストカードを返した。このプラスチックカードには無線ＩＣタグが付いており、所有者を識別するＩＣチップとアンテナが埋め込まれている。電波をアンテナで受信すると電磁誘導で自家発電をし、無線で居場所を発信する。たとえ複数の来訪者でも、中央監視室の各階フロアマップにはアルファベットの識別輝点となって現れ、保安員はその動向を常時知ることができる。

受付後方のデスクには、二台のカラーモニターを前に、制服の保安員が無表情で座っている。その背後の厚い壁の内側には、六〇平方メートルほどの窓のない部屋がある。この建物のセキュリティーと防災の中枢を担う中央監視室である。

正面玄関ドア近くに設置された金属探知ゲートの前にも、案内係を兼ねたスマートな若い保安員が立っている。

厚い玄関ドアは、エーデルワイスを象った精緻な彫刻を施したオーク材であるが、内部には九ミリの鉄板が埋め込まれている。見るからに、いかにも頑丈そうである。四〇〇〜五〇〇キロはありそうなその重量物を片手で簡単に開けることができるのは、マイコン制御による電動パワーステアリングシステムによるもので、作動時わずかに電動モーターの音が聞こえる。

外の気温は零下三度だが、来客は一種の興奮状態が続いており、さほど寒さを感じていない。玄関前には、すでに銀行の専用車が待機しており、制服・制帽姿の運転手が後部ドアの前に立っていた。

来客は車に乗り込むと、振り返りざまに建物を見上げた。中世の城砦にふさわしい重厚な扉は、すでに部外者を遠ざけるかのように固く閉ざされていた。扉中央に組み込まれたシュルツ家の鷲の紋章とライオン型のドアノブが、朝陽に照らされてまぶしく黄金色に輝き、シュルツ家の威光を見るようであった。

車は最寄りのトゥワイス駅ではなく、リンツ空港に向かった。リンツはオーバーエスタライヒ州の州都で、オーストリア最大の工業都市である。内陸部に位置するが、ドナウ河に面した港町でもある。

ウィーンまで、空路およそ四十五分である。

二

「ご苦労であった。言葉の問題もあり、君以外代わりの者がいなくてね。君のドイツ語はネイティブのようだからな。テクニカルターム（専門用語）やバズワーズ（仕事上で多用される流行語）も堪能だ」

「恐れ入ります」

「別荘が今もあればゆっくりしてもらえたのだが……」

「……」

「交渉がうまくいってよかった。君のお陰だ。ところで、初めて行ったダッハシュタインの印象はどうかね？」

「身元確認が厳しかったです」

「あそこは、代理人を認めていないからな」

ダッハシュタイン銀行は、本人以外の取引ができないことを定款とし、口座開設時に、顧客とその契約を交わしていた。

「地方の小さな銀行と内心軽く見ていましたが、甘かったようです」

「日本の感覚で見てはだめだ」

「建物の外観は中世の趣ですが、内部は至る所ハイテク化されています。それにセキュリティーの厳重さにも驚きました」

「いくら治安はよいといっても、犯罪者の武装レベルは日本の比ではないからな」

「まさに要塞のようでありました」

そう言いながら、貸金庫室に行った時のことが頭によぎった。


ヘシュルツ頭取と地下の貸金庫室に行くことになったが、エレベーターで地階に直接行かず、一階で降りた。エレベーターが通じる地階は倉庫と機械室であり、貸金庫室には行けない。二台あるエレベーターの並びの隅に手洗い所があり、その向かいにスチールドアがある。一見すると非常階段のドアのように見えるが、それが貸金庫室への入口である。

照明用のタッチスイッチに擬した小さな指紋認証ユニットとICカードで開錠する。ダブルチェックである。指紋認証ユニットは、指を三六〇度どの方向から当てても照合ができ、認証時間も〇・二秒と瞬時に近い。人工指を誤認しないように血管測定機能を持った高性能な装置である。登録されている指紋は、シュルツ頭取とアンベルク取締役の二人だけである。

身体的な特徴を使用して本人を判別する認証システムのことを、バイオメトリクス(Biometrics 生体情報計測)認証という。指紋・虹彩(ひとみの外側の模様)・手書き署名・顔・声があるが、正確性・利便性・コスト・実績などを総合的にみれば、技術的にも指紋が成熟しており、バランスがとれている。電子認証の市場は、二〇〇三年には世界で六百億円規模になるとみられ、今後さらに拡大すると予想されている。

ドアを開けると窓のないクリーム色の小さな部屋があり、中央にスチールテーブルと椅子が二つ置いてあった。他に調度品はなく、ホールのBGMも聞こえてこない。照明を落とせば映画で見る秘密警察の取調室のようでもあり、どこか不気味であった。

向かい側の壁にはヘアライン加工されたステンレス製ドアがあり、これは暗証番号とICカードで開錠する。ドアの奥には、地下の貸金庫室に通じる狭い石階段がある。階段を下りた突き当たりに厚さ一五センチほどの特殊合金製扉があり、これは眼鏡を外さなくても可能な虹彩照合とパスワードで開錠する。

地下貸金庫室の天井には監視カメラと熱源(人体温)監視センサーがあり、三方の壁面に貸金庫が埋め込まれていた。目的の金庫番号は「K6」で、上段に位置している。アルミ製の踏み台にのり、教えられてきた五桁のパスワードを入力して金庫の扉を開けた。組み合せは五億五千万通りある。忘失すれば電子錠を破壊しないことには開錠ができない。二度続けて打ち込みをミスするとロックがかかり、中央監視室で警報が鳴る。しかも、一度ロックがかかれば十二時間後でないと解除されない。さすがに緊張して指が震えた。

幅四五×高さ三〇×奥行き五五センチのステンレス製ケースを引き出し、中から小型のアタッシェケースを取り出した。

ケースには充分な強度があり、たとえ金塊が詰まっていても、エアーシリンダーで軽く引き出せる構造になっている。アタッシェケースは銀行特注のジュラルミン製で、ペーパー類や宝石類はその中に収納する。それを持って一階の小部屋に移り、テーブル中央に置いた。シュルツ頭取とテーブルを挟み、アタッシェケースの中身を確認するが、十五分ほどで終った。

背後のドアの前にいる禿頭の保安部長は、直立不動で終始無言であった。

ところで、銀行の莫大な資産を保管する地下金庫室はどこにあるのだろうか。検討もつかなかった。さらに、この地下なのか〉

ダッハシュタイン銀行の莫大な資産は、地下貸金庫室の厚い鉄筋コンクリート床の真下の部屋に保管されている。そこには、中央監視室内に設置されたエレベーターでしか行けない。その地下金庫室には、金地金や各種金貨（メイプルリーフ金貨・ウィーン金貨ハーモニー・カンガルー金貨・アメリカンイーグル金貨）が積まれている。ダッハシュタイン銀行は、ドルやマルクを目立たないようにできるだけ換金し、この部屋に貯めこんでいた。元来、ヨーロッパでは紙幣を信用しない風潮がある。「ニクソン・ショック」以降、「ドル紙幣は、ただのペーパーでしかない」、これがダッハシュタイン銀行の一貫した哲学であった。

一七一七年、万有引力の法則の完成者として有名なサー・アイザック・ニュートン（英・科学者、一六四二～一七二七年）は学究生活の後、国立造幣局長官として一ギニー（二一シリング）を金一二九・四グラムの価値を有するものとし、「われわれは、この通貨の価値を維持するつもりである」と宣言して、事実上の基軸通貨を生み出した。通貨を金にリンクさせたのである。

第一次世界大戦はイギリス経済を疲弊させ、世界各地の資産を売却した。一九三一年、イギリスはポンドを変動させ、金との交換を停止した。変動相場制への移行である。これにより、国際通貨制度は崩壊し、基軸通貨は消滅した。この年、イギリスは約二百年間の基軸通貨国としての役目を終えた（フランスのフランも同国の勢力圏内において、一時期、基軸通貨としていた）。

一九四四年、世界四十四カ国の蔵相がアメリカ・ニューハンプシャー州にある山荘で会議を行い、通貨の固定的関係を「米貨三十五ドルは、金一オンスと交換ができる」とした。

ドル以外のすべての通貨が、ドルにリンクされることになった。これは、アメリカの二百数十億ドルの金準備量と軍事力・政治力・経済力に裏付けされていた。これにより、ドルが基軸通貨となった。

貴金属とリンクすれば、すべて基軸通貨になれるわけではない。スイス・フランは金に裏付けされて安定しているが、スイスには、軍事力・政治力がなく、また、世界的資金を賄うだけの量がないため、基軸通貨にはなれない。

一九七一年八月、リチャード・ニクソン米大統領は、ドル防衛のために金との交換を停止した。「ニクソン・ショック」である。これにより、この基軸通貨（ドル）から金（貴金属）による裏付けが消滅した。

「シュルツ頭取はどうだ?」

「かなりの愛犬家のようですね。ドアがノックされたので立ち上がったところ、部屋にいきなり大型犬が飛び込んで来ました。見るからに毛並みのよいジャーマン・シェパードで、打ち合せの間、頭取の側にじっと静かに伏せていました」

「そうか」

初老の端正な顔に、初めて笑いが浮かんだ。

男の顔にも反射的にわずかな笑みが浮かんだが、すぐに真剣な顔に戻った。

「シュルツ頭取は一流バンカーとしての知性と品格だけでなく、いかにもヨーロッパ貴族の風格と威厳があります。その雰囲気に圧倒されました」

「ヨーロッパは階級社会だからな。さすがにシュルツ頭取は、ビジネスでは表面にこそ出さないが、それは自然と出てくるものだ。それに、彼の父親はオーストリア・ナチスの幹部で、ヒトラーに傾倒したアーリア人種優越主義者だったようだ。シュルツもその影響は強く受けているであろう。心の中では、我々アジア人を見下しているのかもしれん」

ドイツ敗戦後、シュルツ頭取の父親・シュウェーリン・フォン・シュルツは、逮捕こそ免れたが、すべての公職から追放になった。ダッハシュタイン銀行頭取の地位も表向き退いたが、頭取不在のままとし、銀行を事実上支配した。占領軍当局も、ダッハシュタイン銀行が持つ莫大な隠し財産については詳細を把握せず、地方の個人銀行であることから重要視せずに黙認した。

シュルツ頭取（フリードリッヒ・フォン・シュルツ）は、敗戦時は十九歳であり、ヒトラーユーゲントのトゥワイス地区団長として少年兵を率いていた。

ヒトラーユーゲント（HU）は、一九三三年から一九四五年まで設置された国家的青少年団体である。当初は志願制であったが、後にHU法により唯一の国家的青少年団体となることによって、十～十八歳の青少年すべてに入団が義務付けられた。

敗戦から一年後の一九四六年、シュルツ家とは一世紀以上前から血縁関係にあるイギリス政府要人の推薦で、フリードリッヒはオックスフォード大学に留学することができた。父・シュウェーリンは、戦前、その要人の所属するロンドンの貴族クラブに度々招かれ、特別会員として認められていた。

卒業してすぐにフリードリッヒは、父・シュウェーリンの古くからの友人である元トゥワイス市長の娘と結婚し、ダッハシュタイン銀行の取締役になった。フリードリッヒ・フォン・シュルツが、戦後空席となっていた頭取に就任したのは一九五五年のオーストリアが独立した年で、二十九歳の時である。以後、四十六年間頭取を続けている。

一九〇九年頃から、ドイツはオーストリア・ハンガリー二重帝国と軍事面で密接な関係にあった。一九一四年六月二十八日、ハプスブルク家のフランツ・フェルディナント大公夫妻がサラエボでセルビア人青年に暗殺され、それが第一次世界大戦の引き金となった。七月二十八日、オーストリア・ハンガリー二重帝国はセルビアに宣戦布告し、ロシアは同盟国セルビアを軍事援助した。四日後、ドイツは参戦し、ロシア、ベルギー、ルクセンブルク、フランスを攻撃した。八月にはイギリスがドイツに宣戦布告し、そして日英同盟を結ぶ日本も参戦した（日英同盟は日本の参戦を義務付けるものではなかったが、日本はアジアにおける地位を強固とするため、これを好機とした）。十一月に日本軍は、ドイツ軍の東洋での拠点、中国・山東半島にある青島を占領した。翌年、中立を宣言していたイタリアが参戦した。

ヨーロッパは、オーストリア側のドイツ、トルコ、ブルガリアの枢軸国と、セルビア側のイギリス、フランス、ロシア、イタリア、ベルギーの連合国に二分された。

当初、半年で終ると思われたこの戦争は、速射砲と機関銃、タンクや毒ガス、飛行機などの新兵器でこれまでと戦闘形態は大きく変わり、多くの部隊は塹壕に閉じ込められ、予想外の展開となって長期化した。初期の膠着状態からロシア、イタリアの衰弱により連合国側が弱体化する中で、一九一七年のアメリカの参戦により、その物量が勝敗を決めた。

一九一八年十一月、四年四カ月に及んだ総戦死者数約八百四十万人の大戦は、連合国側の勝利に終った。

オーストリアは領土をかなり縮小され、第一次共和国になった。その後、オーストリアとドイツの合併は両国の最大の関心事となり、広く国民に支持された。一九三三年一月、ドイツにヒトラー政権ができるとオーストリア内の反ナチズム勢力であるカトリックや社会党がこれに反対を唱えた。一九三四年七月、非合法であったオーストリア・ナチスは、ドイツから非公式の援助を受けてウィーンで暴動を起こし、政府首脳を殺害した。しかし、イタリアのムッソリーニの介入やイギリスなどの働きかけもあり、ドイツは手を引き、暴動は失敗した。

一九三八年三月、アドルフ・ヒトラーは、恫喝によりオーストリアのシュシニック首相を辞任させると、オーストリア・ナチスが政府を接収した。その夜、ドイツ軍はオーストリアに進撃し、占領を始めた。オーストリアに在住する六百五十万のドイツ人はそれを歓迎した。その二日後、ヒトラーはオーストリアのドイツへの併合を布告した。合併は両国民の圧倒的多数が支持し、特にドイツでは、国民の間にそれまでわずかにあったヒトラーへの疑念を払拭した。このことは周辺諸国のヒトラーへの非難を鈍らせた。結果として、それらはヒトラーの野望を助長することになった。その後、ナチスドイツはチェコスロバキアの制圧、そしてポーランド、ノルウェー、デンマーク、オランダ……、次々と毒牙を伸ばした。国民の大多数が支持し熱狂した指導者は、実はとんでもない人物だった。

揺らぐことのない信念を持ち、妄想を唱え、このことを益々増長させていくのが「パラノイア（paranoia 偏執病）」である。国民は、「パラノイア」の政治家に翻弄された。パフォーマンスの才能があれば国民の人気者になる。こうあってほしいという国民の願いが、虚像をさらに大きく創り出す。その実像を知らずに酔えば、国民は愚行に走る実例である。

「終始穏やかな口調なのですが、彼が発する気迫というかオーラのようなものに接しているうちに、背筋が凍ってきました。上品な外見からは想像もできない何かを、彼は持っています」

「私もかつて別荘に行った折によく会う機会があったが、彼の周りには何か目に見えないバリアー（barrier）が張られていて、近寄りがたいところがあるのは感じていた」

あるパーティーの席で、ジェームズ・ボンド愛用のフローリス№89の香りをかすかに漂わせたシュルツに、厳しさとは違った何か激しいものが内面から時折発光するかのように現れる、二面性を感じたことを思い出した。

「目は鋭いというよりも、冷たく光っていました」

男の言葉に、初老の紳士は黙って頷いた。

三

資本金二百三十億円、売上高五千億円、従業員数二千八百人の草風建設は、一時は大手ゼネコン五社に肉薄したこともある準大手であるが、バブル崩壊後、不動産開発事業などの失敗から巨大な不良債権をかかえて経営困難に陥り、長く株価は額面割れをして低迷を続けていた。昨年になってようやく行われた銀行団による債務免除を元に、子会社数社の債権放棄をすることでやっと息をついた状態であるが、先行き不安から市場の評価は依然として低い。現在の株価は、額面の五十円前半を定位置としている。

オーナーの草葉貞宗は、社長の椅子を子飼いの筆頭常務・椎名孝道に譲り、代表権のない相談役に退いている。同時に、メーンバンクから派遣されていた専務を含む役員三名を引責辞任させ、新たに代表権のない専務取締役を迎えた。

「上の人に気に入られること」、これは組織に属する者にとって、一番重要な処世訓である。

能力は二番目以降の順位。人間、誰でも気に入らない者は遠ざけるものである。これは、古今東西あらゆる組織に普遍的である。

社長の椎名孝道にガバナンス(governance 企業統治)能力はない。草葉の秘書となったことが、椎名にその後のサラリーマン人生に幸運をもたらした。椎名は家庭を文字通り犠牲にして、草葉貞宗のために全力を尽くした。そうなれば、草葉にも椎名を引き立てようという気持ちが生じてもおかしくない。椎名にとって、草葉貞宗はすべてに優先する存在である。従業員や株主のことなど、他言しているものの、毛頭考えていない。

偉大な創業者には、後継者は育ちにくいものである。しかし、長男で取締役であった草葉貞義は、その二世の法則に反して優秀なエンジニアであり、周囲からの人望もあった。その貞義を将来の後継者としての芽を摘むかのように関連会社に転出させたのは、銀行や世間に対する配慮であり、それは草葉貞宗の企業人・経営者の良識として受けとめられた。

「国土交通省のゼネコン版『BIS(Bank for International Settlements 国際決済銀行。G10《ジーテン》諸国の金融当局よりなるバーゼル銀行監督委員会の事務局は、スイス・バーゼルの国際決済銀行内に設けられている。一九八八年に委員会が決めた国際統一基準の自己資本比率)規制』が再来年、二〇〇三年春には導入されそうです。このままでは、とても自己資本比率五パーセントを超えそうにありません。免許更新ができなければ、ゼネコンの看板をおろすことになります」

椎名は、草葉に沈痛な面持ちで言った。

一定規模以上の工事で下請けを使える特定建設業と呼ばれる許可業者は、大手ゼネコンを筆頭に全国に約五万社あるが、五年に一度の免許更新に際し、自己資本比率基準を下回る企業の更新は認めないというのがゼネコン版「ＢＩＳ規制」である。自己資本比率は、総資産（自己資本＋負債）に占める単独ベースの自己資本（資本金と準備金などの合計額で負債を含まない資本）の割合で、企業の財務状態の健全性を示し、割合の高いほうが優れている。現在、大半のゼネコンは一〇パーセント以上を維持しているが、債権放棄を受けた企業では五パーセント未満が多い。（二〇〇二年十二月に発表された国土交通省の「建設業の再生に向けた基本方針」では、「収益性」「安定性」「健全性」の財務指標を、再建計画（三年以内）の完了時点で業界の平均的な水準まで再生されることを要件とするものとしている。安定性の指標の一つである自己資本比率については、業界の平均は十二〜十三パーセントであり、厳しい基準となっている）。

「大きな景気の回復は、これからも当分期待ができん。これまでの十年が示している。有森教授も言っていたが、『コンドラチェフの周期説』では、不況とゼロ成長の時代が二十年間は続くそうだ」

草葉は椎名を見つめて言った。
「コンドラチェフの周期説」は、ソ連の経済学者ニコライ・コンドラチェフ（一八八二～一九三五年。スターリンにより処刑される）によって唱えられたもので、先進国経済は、ほぼ五十年ごとに必然的に長期停滞期に入るというものである。好況の二十年間は、すでに投下した資本の現金化にすぎない。繁栄の中で衰弱化に向かう。この時、すでに新しい技術は生れ出しているか生れ出ようとしているが、それが新たな雇用を生み出し、経済成長の原動力となるまでにはいかない。このような中で、不況の二十年間が続くことになるという。

アメリカにかつて起こったような革新的企業による雇用創出は、「コンドラチェフの周期説」では説明できない。起業家による産業創生の活力は、「非コンドラチェフ現象」を引き起こす。不況の打破に、目的意識を持った起業家精神は有効な一手といえる。

「二回目の債権放棄は、とても無理だろう」
昨年の大手百貨店の要請が頓挫して以来、債権放棄という再建手法は難しくなっている。「リストラにも限界がある。公共工事で少しは凌いでも、限られたパイの中でのことだ。毎年の縮小でジリ貧は目に見えておる。業界の整理・淘汰は必然だ。このままでは、『ＢＩＳ規制』

をクリアするには程遠い」

二十年前に発行された『エントロピーの経済学』(ヘイゼル・ヘンダーソン、ダイヤモンド社)の中で、「私たちが立ち向かわねばならない緊急な成長問題は、すべてのシステムに見られるように、ある部分が成長するとしたら他の部分は死なねばならない、といった類のものだ。もし、幾つかの企業が成長するとしたら、他の幾つかの企業は衰退し、もっている資本・土地・人的資源を、新しく成長しつつある企業に放出しながら、舞台から退場しなければならない」と著者は述べている。

エントロピー(entropy)とは、ルドルフ・クラウジウス(独・物理学者、一八二二～一八八八年)が考え出した言葉である。

熱力学には、「第一法則」と「第二法則」がある。「第一法則」は、「宇宙における物質とエネルギーの総和は一定で、けっして創生や消滅することはない。また、物質が変化するのはその形態だけで、本質が変わることはない」という、「エネルギー保存の法則」である。「第二法則」は、「物質とエネルギーは一つの方向にのみに、すなわち使用可能なものから使用不可能なものへ、あるいは利用可能なものから利用不可能なものへ、あるいはまた、秩序化されたものから、無秩序化されたものへと変化する」ことであり、これを「エントロピーの法則＝エントロピーは増大する」という。

この「エントロピーの法則」は、閉ざされた系（外部に広がっていかない反応システム）の法則である。この系を複数の部分系に分けた場合、ある部分系のエントロピーは減らすことができるが、全系としてはエントロピーが増大する（使用不可能なエネルギーが増えることを意味する）。

日本国内という閉ざされた系でみれば、すべての企業が成長することも、生き残ることもできない。しかし、地球という全系でみれば、部分系（日本国内）にあるすべての企業の成長は、理論的には可能であるが、現実的ではない。このことから、すべての企業を救おうとする延命策は、いずれ破綻するか、どこかに歪みが生じるものである。

「………」

「大手に吸収される道もあるが、スーパーゼネコンといえどもあえて重荷を背負うところはないだろう。建設業界は、合併のメリットがあまりないからな」

「………」

「やはり、例のプランを断行するしかない。椎名君、決断においては躊躇しない、『臨時無疑』ということだ」

草葉貞宗は、強い口調で自分に言い聞かせるように言った。

その日の夜、ウィーンからの直行便が成田空港に到着した。見るからにゲルマン系と思われる三人が十二時間の搭乗の疲れも見せず、出迎えた男と東京に向かった。

四

政権を維持するためには、ある程度の政策の違いは妥協することで連立を組む選択をした日本民政党は、多くの官僚、銀行経営者や財界首脳達と同様に、バブル崩壊後の経済停滞の打開策を立てる当事者能力も実行力もなく、重要な問題は先送りという責任逃れとその場凌ぎに明け暮れた。そして、景気回復の神風が吹くこと、「天佑神助」を期待して、この十年間を無為に過ごしてきた。

戦後五十五年間の奇跡的な平和と繁栄は、怠惰な暖衣飽食の生活を生み、危機意識と緊張感を消滅させ、ものごとを自ら決定する意志の喪失と責任回避・責任放棄の日常化をもたらした。あらゆる分野で、指導者の資質はこの二十年間に著しく低下した。

日本民政党は、戦後の経済復興の大きな担い手となった「経済重視・軽武装派」と「民族自立派」の二大潮流に大きく分かれている。

非主流派で元大蔵大臣の三雲勝也は「民族自立派」の領袖であり、次期総理の筆頭候補である。挙党体制のため、現在は副総裁に就いている。

三雲勝也は、政策ブレーンとほぼ月に一度、紀尾井町にあるホテルの和食料理屋で会食を行う。五大全国紙の一つである毎朝新聞の元政治部記者で辛口政治評論家の梁瀬幸太郎、そしてマスコミにはその明快な切り口で重宝がられている若手エコノミストの高輪大学政治経済学部教授・有森博信は側近とみられている。

「アメリカや欧州の航空機メーカーから、超大型旅客機開発参加の要請が日本の企業に来ていましたが、昨日、アメリカは開発の事実上の凍結を発表しました」

有森の説明に、三雲はいまいましげに言った。

「今回もバーイング社に日本のメーカーは翻弄された。あれは日本を欧州に組み入れさせないためのバーイング社のしたたかな戦略だ。数年前にも日本のメーカーの出鼻を挫くようなことをしておる」

「日本企業の実態は、バーイング社の下請けですからね」

梁瀬が付け加えた。

一九七二年に英仏共同開発のコンコルドは就航したが、ファーストクラス以上の料金と百人の乗客数、一日一～二便の運航は市場を満足させられず、また、高い騒音と排ガスは大きな環境問題となり、本格的な超音速旅客機の時代をもたらすことはできなかった。

『マーケティング22の法則』（アル・ライズ、ジャック・トラウト、東急エージェンシー出版部）によれば、「マーケティングを長期的視野でとらえれば、競争は二大主役（一般的には、古くから信頼されているブランドと新進ブランド）の間の全面戦争に収斂されていくのが普通である」と、「二極分化の法則（The Law of Duality）」を説明している。

三十年前の航空機市場はアメリカが九五パーセントを占めていたが、今や航空機メーカーは、そのようになった。

欧州四カ国（仏独英スペイン）が出資する巨大航空機メーカーであるエアユーロピア・スペース社は、旅客を大都市に集めて、最大八百四十席を有する総二階客室の超大型機で輸送する「ハブ・アンド・スポーク方式」を採用した。一方、アメリカのバーイング社は、約一年間悩んだ末、欧州方式をやめ、二百～二百五十人乗りの音速間際の高速中型機で目的地に直接運ぶ「ポイント・ツー・ポイント方式」にすることを決めた（二〇〇二年十二月、亜音速機の開発は凍結し、燃費等高効率な中型機開発優先への方針変更を行い、迷走している）。

昨年まで欧州の二倍以上の生産量を誇っていたバーイング社も、急激な落ち込みと欧州の追撃で、その差は急速に縮まっている。近い将来、引き渡し機数は逆転するとみられている。この焦りからくるバーイング社のブレが、日本企業への翻弄となって現れた。

「その下請けの高い製造・開発技術を必要として、日本に協力を求めてきた」

梁瀬の言葉に、有森がすぐに続けた。

「それに、従来とは比較にならない莫大な開発資金です。巨額の開発資金の一部を日本に分担させることで、リスクを減らそうとしています。本来のあり方としては、下請けではなく積極的に開発に参加して、重要なシステムの設計を担うべきなのですが」

「バーイング社に関しては、日本のメーカーはパートナーになるだろう。エアユーロピア・スペース社については、機体の一部製作の下請が濃厚だな……」

と言ってしばらく沈黙の後、三雲はゆっくりと口を開いた。

「これから話すことは、ここだけの話として外部には絶対に漏らさないでほしい。いいかね」

三雲は低い声で念を押した。そして、にわかに真剣な表情になった二人が頷くのを見て、これまでと違いさらに声を落とした。

「今、防衛庁の中央技術研究所で極秘開発プロジェクトが進んでいる。これは最高度の機密事項だ」

「………」

座に緊張が走り、二人は三雲を凝視した。

「今回は何としても純国産としたい。アメリカから技術的独立を果たすのだ」

「……」

「このことが漏れると、これまでのように邪魔が入って計画は中止になる。何よりも秘密厳守が第一だ。しかし、例のエシュロン（Echelon 米・英・加・豪・ニュージーランドの英語圏五カ国で構成する盗聴組織の暗号名）がある。いずれアメリカが知ることは時間の問題だ」

「……」

有森は思わず生唾を飲み込んだ。

「このプロジェクトの関係者は極めて限られている。長官は知らない。正確には知らせていないということだ。すぐに替わるし、政治家は皆、口が軽いからな」

三雲は、そう言うと少し苦笑いをした。

「防衛庁高官数名と中技研の所長だけが全貌を知っている。『ジェット推進を用いた飛行艇の開発』というテーマで内部公開されている。プロジェクトチームは、一応隔離された部屋で研究をしている。隔離といっても中技研の中だがね。あまり特別なことをするとかえって怪しまれるからな」

「メンバーは防衛庁の技官だけですか？」

梁瀬が聞いた。

「それはとうてい無理だ。航空宇宙技術研究所から数名とそれに民間からも参加している。大日本重工業の航空力学の天才エンジニアとその研究チームだ。彼はICAS（International Council of the Aeronautical Sciences 国際航空科学連盟）の次世代超音速旅客機開発プロジェクトの日本委員の一人であったが、表向きは健康上の理由で昨年任期途中に辞任した。彼のチームは、このプロジェクトの命運を握っているといってよい。社長特命で防衛庁に出向中だ」

「次世代超音速飛行艇ですか？」

梁瀬が身を乗り出した。

「飛行艇というのはカムフラージュだ。滑走路が短距離でも離着陸できる戦闘機の開発を行っている。と言ってもイギリスのハリヤー戦闘機のようなVTOL（Vertical Take-Off & Landing 垂直離着陸機）や十五年前の『飛鳥』（航空宇宙技術研究所低騒音実験機）のようなSTOL（Short Take-Off & Landing 短距離離着陸機）ではない。今、アメリカのヤンキード社が二〇一〇年頃を目指してSTOVLの『F-35A／B／C-JSF』を開発中だが、それよりも高性能な日本版と考えたらよい」

STOVL（Short Take-Off Vertical Landing）は、短距離離陸・垂直着陸機のことである。VTOLは、エンジンの推力だけで離陸するので、かなりの燃料消費をする。そのため、兵装重量が限られて実用的でない。そこで、短距離滑走することで、少しでも揚力を生み出すＳＴＯＶＬが現在の主流となっている。現在、ヤンキード社が開発を進めている「Ｆ-35Ａ／Ｂ／Ｃ-ＪＳＦ」は、Ａは空軍用、Ｂは海軍用、Ｃは海兵隊用を示し、ＪＳＦ（Joint Strike Fighters）は統合攻撃戦闘機のことである。十年後、それぞれ一年間隔で配備が計画されている。

バーイング社が主契約企業となるＶＴＯＬの次世代プロペラ輸送機は、沖縄への大量配備が検討されている。

「大型揚陸型輸送艦（おおすみ型）は、水平甲板で距離が一六〇メートルある。そこで余裕をみて、一〇〇メートルほどの超短距離滑走で完全離陸できることを目的としている」

三雲は、党の国防委員長であっただけに軍事に詳しい。

イギリスなどの軽空母は、甲板の先端に一二度のスロープ（slope 円弧曲面）状のスキー・ジャンプ台を設けている。これは、戦闘機を上方に放り投げるようにして、揚力をとり易くしたものである。カタパルト（catapult 飛行機射出機）のない水平甲板だと、空母がピッチング（Pitching 縦揺のこと。主に船が走行中に波浪の影響で生じる重心周りの回転運動で、他にローリング Rolling 横揺、ヨウイング Yawing 偏揺がある。停泊中には、直線方向の揺れが主に発生し、サージング Surging 前後揺、スウェイング Swaying 左右揺、ヒーヴィング Heaving 上下揺がある）で前方に傾いた瞬間に戦闘機が飛び立つ場合、海面に突入の危険性がある。そこで、甲板上での完全離陸が必要となる。

「わかっているのか？」

二人が質問もせずに黙っているのをみて、三雲は聞いた。二人が頷くと、さらに話を続けた。

「揚力は翼の上下面の風速差から生じる差圧によるらしいが、航空機を浮かす大きさの揚力を出すためには、ある速度以上になるよう滑走する必要がある。滑走距離を短くするためには、高推力エンジンか高揚力装置が必要になる。エンジンが同じならば、高揚力装置を高性能にするしかない」

高揚力装置は前縁部のスラット、後縁部のフラットといった翼断面を変更して翼面積を増大させ上面の空気の剥離を抑制するものと（剥離すれば失速する）、「飛鳥」のＵＳＢ（Upper Surface Blowing）フラップようにエンジンのパワーを利用して剥離を抑制するものがある。これらは飛行機が運動していない状態のものであるが、近年、運動中の非定常現象を応用することでさらに大きな揚力が得られることがわかってきた（飛行中の飛行機が急激な頭上げ運動をする場合、本来失速する迎え角を過ぎても失速せず、大きな揚力を得ることができる）。この現象をダイナミック・リフト（Dynamic Lift）という。揚力は、翼の後退角などで大きく変わり、その研究は各国でなされている。

「USBフラップとダイナミック・リフトの活用とかで、かなり変わったデザインになるらしいが、詳しいことはよくわからん。これ以上は機密ということで話してくれないからな」

三雲が話し終えると、三人の間に少しの沈黙があった。

「大掛かりな実験となるだろうし、とても秘密というわけには」

しばらくして、梁瀬は疑問を呈した。

「三次元CAD（Computer Added Design コンピュータ支援による設計）による設計と組立シミュレーションシステムを活用するらしい。試作機を製作する時は、公開する時だ」

「……どうして、このような極秘事項を私たちに話されたのですか？」

震える声で有森は聞いた。ことの重大性からその顔は青ざめている。

「君達に話したのは、日本の航空技術の独立について、婉曲にしかもゆっくりとマスメディアを通じて国民に浸透させたいからだ。あくまでも慎重にそのムードを作りたい。これは、アメリカからの反撃に対する布石だ」

「このことを総理はご承知ですか？」

梁瀬は新聞記者出身だけに、この種のことには慣れているし度胸もある。

「鋭い質問だが……」

三雲は言葉を濁した。

(これではわからない)

梁瀬が再度聞こうとした時、

「この話はここまでだ」

梁瀬の口を封じるかのように、三雲は語気を強めた。

五

　オーストリアからの来訪者を、内幸町のグランドクィーンホテルに案内した草風建設・財務部長の倉橋秀樹は、報告を草葉相談役に入れた。

「夜分お休みのところ恐れ入ります。先程、食事を済ませて別れたところです」

「ご苦労であった」

「ミュンスターのブラウェン社長はとても陽気な方で、相談役とお会いすることを楽しみにしています」

「そうか、ミュンスターも初めての海外進出だから、内心は不安なことだろう」

「やはり、ダッハシュタインのバックアップがきいています」

「ドイツも日本と同じで建設業への参入が容易だから、競争が激しいうえに旧東独の需要が一巡して、このところ建設不況が長引いているらしい。ゼネコン大手のハルツマンも、旧東独への不動産融資失敗から倒産寸前らしい。高失業率に悩むドイツ政府やメーンバンクも支援をしているが、時間の問題であろう」

ドイツでは、従業員五百人以下の中小企業は全企業の九九パーセントを占めており、特に製造業では、中小企業の大企業への依存度は高い。

創業百五十年の老舗を誇るハルツマンは、昨年、債務超過に陥った。建設業界第二位、売上高六十四億ユーロ（約七千億円）、従業員数約一万一千人（世界で二万三千人）の破綻は、雇用に大きな影響を与える。破産直前に政府支援を前提として、ドイツ銀行を中心とする債権銀行団が資金援助を行うことで一旦は危機を乗り越えたが、公的資金の投入はなく不振状態が続き、一年後には破産申請をすることになる。このような情勢の中で、中堅ゼネコンのミュンスターは生き残りを図ろうとしていた。

「ミュンスターも必死だろうからな。ところで、ダッハシュタインからは例の男が来たのか」

「はい、アンベルク取締役は以前会った時の第一印象どおり、やはりなかなかの切れ者です。秘書を一人連れて来ていますが、その雰囲気からボディーガードを兼ねていると見受けられました」

「地下鉄サリン事件や警察庁長官狙撃事件で、日本の安全神話は崩壊した。そのことは、すでに海外に知れ渡っている。息子のことも頭に浮かんだのだろう。その東洋の果ての地に、初めて甥のアンベルクを送り込むのだから、神経質になったとしてもおかしくはない。ハインツ・フォン・アンベルクはシュルツの大事な後継者だからな」

シュルツより十歳離れた妹のマリアが、ミュンヘンに近いランツベルクのアンベルク子爵家に嫁いだのは、一九五八年EEC設立の年であり、シュルツが頭取になって三年目である。二年後に長男ハインツが誕生した。

一九八一年一月、ハインツがボン大学の学生であった時、あの悲劇が起こった。

シュルツの一人息子ハイドリッヒは、古くからの顧客である北アイルランドの元下院議長サー・マーチン・ブラッドフォードの私邸に招かれていた。ブラッドフォード卿の息子で議員のレイモンドと三人で図書室にいたところ、IRA（Irish Republican Army アイルランド共和国軍）のテロリストが侵入して全員を射殺した。白昼大胆な単独犯であった。この時、私邸警備担当の警察官は周辺パトロールのため不在であり、ハイドリッヒのボディーガードは、信じられないことに待機中の車でラジオを聞いていた。

IRAの標的になる恐れがあったにもかかわらず、警察官を私邸に常駐させていなかったアルスター警察は、各方面から強い非難を浴びた。警察は犯人検挙に全力をあげ、テロリストはまもなく公安部に逮捕された。

ハイドリッヒは当時三十歳で、取締役としてダッハシュタイン銀行の要になりつつあった。将来の期待が大きかっただけに、シュルツはその死をひどく悲しみ、そしてボディーガードの失態に激怒した。

そのボディーガードは、警察の事情聴取が終り出国を許可されると、シュルツ家の関係者に付き添われて帰国した。数日後、彼は飲酒運転でドナウ河に転落し、車中で溺死した。

シュルツが、タウエルン社の英国代理店を兼ねている警備保障会社・ガードシステムズ社を知ったのは、その頃である。

ガードシステムズ社は、ヘリフォードのＳＡＳ連隊で副司令官をしていた退役大佐が一九八二年に設立したもので、多国籍企業や各国大使館を得意先としている。一九七七年、この退役大佐がＳＡＳの少佐であった時、ソマリアのモガディシュ空港で、ハイジャックされたルフトハンザ機にＧＳＧ９（Grenz Schutz Gruppe-9 ドイツ連邦国境警備隊第九部隊）の隊員二十九名とともに突入した。彼等は四人のテロリスト全員を射殺し、乗員・乗客九十一名を無事救出して勇名を世界に知らしめた。

シュルツの館を警備しているのは、このガードシステムズ社から派遣された元英国陸軍グルカ兵達である。グルカ兵はネパールのグルカ族出身で、勇猛果敢で知られている。

大学卒業後、シュルツに強く請われたハインツ・フォン・アンベルクは、ダッハシュタイン銀行取締役としてオーストリアに移住した。彼の警護は、アンベルク家専属のＧＳＧ９出身者

達である。

達が行っている。彼らは単なる力自慢のゴリラではない。知性と社交性を合せ持ったエリート

「明日はホテルで予定通り、椎名社長と私が計画の説明をします。振替休日の月曜日は静養するそうです。連休明けの火曜日に、椎名社長と私は三人を連れてお伺いします」

「待っておる」

草葉貞宗は、娘婿の倉橋秀樹に言った。倉橋秀樹は義兄の草葉貞義よりも三歳年下で、今年四十歳である。バブルがはじけた頃の一九九二年に、草葉貞宗の愛娘と結婚をした。

グランドクィーンホテルは、外国人宿泊施設として外務大臣の発案により明治二十三（一八九〇）年に設立された老舗で、当初はドイツ・ネオルネッサンス様式の木骨レンガ造りで三階建てであった。大正十二（一九二三）年に著名なアメリカ人建築家設計による鉄筋コンクリート・レンガコンクリート造りの五階建て・地下一階の新館が建設された。現在は十七階建て・地下三階の高層建築である。

ホテル地下一階にある鮨屋で歓待を受けた後、倉橋と別れた三人は部屋に戻った。ブラウェンは、江戸中期創業の由緒ある蔵で造られた銘酒をひどく気に入って泥酔し、旅の疲れもあり、上着とネクタイをとるとそのまま巨体をベッドにうずめた。

酒を少し控えていたアンベルクと秘書は、熱いシャワーを浴びるとホテルを抜け出し、タクシーで六本木に向かった。秘書のポケットには、ワルサー社が日本の刃物メーカーに造らせた小型ナイフが入っている。それは、日本刀の製法で造られたものである。

二人は六本木のホテルで松岡と密会した。

六

関七ユニオンバンク代表・松岡竜太郎は、アンベルク取締役と秘書とロビーで落ち合い、三人は部屋に向かった。

この会談は、ダッハシュタイン銀行側からの申し出により密かに行われたもので、ダッハシュタインとしては、草風建設のメーンバンクである関七ユニオンバンクの意向を直接確認する必要があった。五十億円出資の確認である。ここに、ダッハシュタイン銀行の大胆かつ慎重な体質が出ていた。関七ユニオンバンクとしても、日本では全く知られていないダッハシュタイン銀行やミュンスターについて、直接知ることは重要なことであった。

松岡には、なぜミュンスターが財務内容のよくない草風建設と提携することを決定したのか、ミュンスターのバックにいるダッハシュタイン銀行の戦略を知っておく必要があった。

「この度のことは、当方としましては大変助かりました。ドイツの素晴らしい建築技術を、日本の建設業界で大いに発揮して頂きたいものです。ところで、提携先として草風建設をいつ頃から注目されていたのですか?」

松岡の英語は、ニューヨーク駐在が長かっただけに流暢である。

「草風建設というよりも、草葉相談役を十年ほど前から存じ上げています。事業をされていることはお聞きしていたのですが、今回、ミュンスターの日本進出計画の事前調査において、草風建設がたまたま入っていたわけです」

「かなり綿密に調査されたのでしょう」

「委託した日本の調査会社が、業界の動態や市場調査、個々の企業調査等を三カ月間で行いました。かなり急がせました。ミュンスターの海外進出は日本が初めてで、今回未知の扉を開けることになります」

「ミュンスターも御社があっての決断でしょう」

「需要の落ち込んだドイツ国内だけではじり貧です。何か手を打たねばなりません。とは言っても、低迷の日本市場への参入を考えているのではありません。ミュンスターの持たない草風建設の得意とする土木技術を生かして、海外で一緒にやろうということです」

「海外ですか、なるほど」

「両社ともに海外工事の実績がないのが一番の難点ですが、ミュンスターでは、それに備えてハルツマンから人材を引き抜くことを考えております」

「草風建設は、そのあたりをどう考えているのか……。しかし、さすがに草葉相談役はオーストリアにまで顔が広いですね」

「……」

「そういえば、草葉相談役はオーストリアに別荘をお持ちだとか……」

別荘というキーワードが松岡の口から出たことで、アンベルクは少し警戒を緩めた。

「昨年、草葉相談役はその別荘を手放されました」

「それは知りませんでした」

そのことは、すでに松岡は草葉から聞いて知っていた。

草葉は、毎年一度は夫人同伴でその別荘に出かけていた。それは一部屋しかない小さなもので、夫妻以外は誰も利用したことがないという。しかし、昨年は行かなかった。どんな些細なことも見逃さない松岡は、そのことに不審を感じ、問い質していた。

「別荘は簡単に購入できるのですか?」

「別荘を所有されている方のご紹介があれば、即座にご用意致します」

「やはり草葉相談役も、どなたかの紹介によるのですか?」

「お名前は申し上げられませんが、当然そうです。これは当行の規定ですから」

「……やはりあの大物政治家かな」

松岡は笑いながら言った。つられてアンベルクも笑顔を見せた。

松岡は二人と別れた後、思案した。

（時差は九時間。すると現地は土曜日の午後二時三十分頃か）

松岡は常時携帯している危機管理手帳の緊急連絡リストから、ロンドン連絡事務所所長の自宅の電話番号を探し出した。

翌日未明、松岡は深い眠りを国際電話で起こされた。ロンドンに電話をしてから四時間しか経っていない。現地は休日であったにも関わらず、以外にも早い返答であった。ロンドン連絡事務所所長は、松岡代表からの直接の電話に感激し、人脈を駆使して必死に調べていた。

内容は次のとおりである。

——別荘は会員制で、ダッハシュタイン銀行の重要顧客専用であること。別荘購入には、当然ながら紹介者が必要で、銀行の厳重な審査があること。そして公にはされていないが、少なくとも不動産を除き三千万ドル以上の投資可能資産を有し、三百万ドル以上の預金をする者であること。そして、東洋人は数名いるが、日本人は現在一人もいないことｅｔｃ.——

（このような資産を持ったスーパーリッチは、恐らく全世界で六万人に満たないであろう。

草葉相談役が、オーストリアに所有する別荘がこのようなものだとは、恐らく誰も知らないはずだ。小さな一部屋の山小屋では決してない。しかも、海外の銀行に巨額の口座を持っていることなど、……草葉相談役は、三億円以上の秘密口座を持っていることになる。定期預金の年率は一～二パーセントらしい。今の日本からすればかなり高利率であるが、その頃からみればかなり低い。しかし、誰の紹介であの別荘を手に入れることができたのか……）

松岡は草葉に、明日私邸を訪問したい旨の電話を入れることにした。

七

建国記念日の振替休日となった月曜日の午後、世田谷の用賀にある草葉貞宗の私邸を、関七ユニオンバンク代表・松岡竜太郎が訪れた。

関七ユニオンバンクは、関東一都六県の各地域を代表する地方銀行・第二地方銀行の七行が、連邦政府と州政府の関係のような統合によりできた都市銀行である。七つの地域には、それぞれ最高執行責任者（ＣＯＯ）としての地域代表がいる。最高経営責任者（ＣＥＯ）である代表は、最高財務責任者（ＣＦＯ）である副代表とともに七人の地域代表を統括する。

統合により、ブランドと預金や貸し出しなどを電算処理する基幹システムが統一された。基幹システムは、外部委託によりコスト削減を図っている。本部要員は四十名ほどと少人数である。提携や特別な融資を除いては、人事権・新商品開発を含めて、ほぼ独立的な地域裁量権を地域代表は有している。賃金体系は、八〇パーセントは生活保障費として共通ベースにしているが、残り二〇パーセントは各地域の業績に応じて配分される。

一般に大企業同士の合併による規模の拡大は、期待するほどには早期に効果はあがらない。そのことは、これまでの合併企業をみればわかる。余剰人員はモノのように簡単には捨てられず、内部の軋轢は成長のエネルギーを浪費させる。経営の勝敗を分けるのは規模ではなく、課題解決のスピードである。関七ユニオンバンクは、その轍を踏まないために見せかけの社内融合は行わず、各地域の主体性・独立性をできるだけ優先させた。合併ではなく、地域連合である。賃金の地域配分システムが、各地域間のよい意味での競争として現れ、組織の活性化に繋がった。

この連合により、関七ユニオンバンクの総資産は大手十七行に肉薄した。営業拠点も関東エリアから京阪神・東海地区に店舗を広げただけでなく、一時はユニバーサルバンクを目指して、海外進出を積極的に図った。

しかし、バブル崩壊後は国内・海外ともに業務を縮小し、現在、海外拠点はニューヨーク・ロンドンなど五カ所に連絡事務所を持つだけとなっている。

また、規模を縮小するだけでなく、経済の長期低迷化で企業の設備投資への融資が期待できないため、収益源を貸し出し利ざやから手数料収入へと移行しつつある。脂肪太りから筋肉質への体質変化である。さらにリテールバンクへの方針を明確にした。個人や中小企業向けのサービスである。

関七ユニオンバンクは草風建設のメーンバンクであるため、昨年行われた総額三千億円の債権放棄のうち、六〇パーセントを負担した。

「これはギャバロン茶で、ギャバという物質が血圧を下げるそうです。杜仲茶も高血圧に効くそうですが、私はどちらかというとこちらです」

草葉の説明に、松岡は黙って頷いた。

「最近は血圧が高くなることばかりです」

「お体には気を付けてください。ところで話は変わりますが、昨年の債権放棄である程度の処理は終ったものと考えていましたので、今回の第三者割当増資については正直なところ驚いています」

商法上の規定では、株価が額面を上回っていることが増資の条件であるが、草風建設はそれをわずかに満たした水準で現在は安定している。

「ゼネコン版『ＢＩＳ規制』対応のためです。以前にご説明したとおり、ダッハシュタイン銀行とはすでに話がついております」

「しかし、よくまとまりましたね。しかも、オーストリアの名もない銀行などと」

「あまり大きな声では言えませんが、三雲先生のお力が大きいのです。それに、先方はやはりビジネスになるとみたのでしょう」

「前回の債権放棄では、応じなかったのは地方銀行の二行だけでしたが、今回は少し増えて難航しました。今回、十二行で五十億、これが限界です」

五十億円のうち十億円を関七ユニオンバンクは負担することにしていた。これにより、関七ユニオンバンクの持ち株比率は、これまでの四パーセントから四・六パーセントになる。

「どの銀行も体力低下はかなりなものです。しかし、これに対する条件というわけではないのですが、さらなるダウンサイジングはお考えですか?」

「かつて人員削減を実施したアメリカ大企業の三分の二が、社員のモラル低下を訴えたと、あるシンクタンク(think tank)の報告にありましたが……」

「役員の大幅な削減が必要かと考えます。従業員を三割削減したならば、役員数は現在の三分の一で充分です」

草風建設の取締役数三十四名は、日本ではベストテンに入る多さである。企業規模からもそぐわない。そのため、松岡代表は経営責任や経費面、社員への心理効果だけでなく、意思決定と業務執行の迅速化の必要性を訴えた。

「彼らは役員の肩書きを付けてはいますが、第一線の営業マンとお考え下さい。肩書きは営業上必要としています」

「これまで以上に、報酬の大幅カットと組織の簡素化が必要です」

「検討しましょう」

草葉は短く答えた。

「……ところで、相談役の個人資産、それをうちに少しでも預けてもらえればありがたいのですが」

しばらく間をおいてから、松岡は草葉の表情を窺いながら言った。

「私の金はすべてお宅に預けていますよ」

「それとは別のものです」

「資産といっても後は株だけです。今はバブル期の四〇分の一ですが」

草葉は全発行株数約三億株のうちおよそ八パーセント、二千四百万株を所有する筆頭大株主である。

「そのことではありません」

「では何だね。この屋敷を処分しろとでも」

「いいえ、……どこか外国に口座をお持ちだとか」

「何を言っておるのだ」

草葉の強い口調に、松岡は庭に目を移した。二百坪の庭園には、値をつけられない奇岩がいくつも置かれている。松岡は手入れの行き届いた庭木を眺めながら、草葉の目に一瞬の狼狽がよぎったことで、やはりあの情報は正しいと確信を持った。

草葉はゆっくりと立ち上がり、壁に掛かったルノワールをしばらく眺めた。ポンペイの壁画の色彩から強く影響を受けた浴女の油彩絵は、生命感があふれている。

「不思議なものだ。これを見ていると心底、力が湧いてくる。西洋絵画は、やはりフランスだね」

文学・美術・科学という三つの知的探求分野において、草葉は美術という刺激物に陶酔していた。

草葉はこの名画をバブル期に購入した。

その頃の一九九〇年五月、ニューヨークのオークションで、ゴッホの「医師ガシェの肖像」が史上最高額の八千二百五十万ドルで落札され、二日後には、ルノワールの「ムーラン・ド・ラ・ギャレット」が史上二位の七千八百十万ドルで落札された。ともに落札者は日本の大手製紙会社オーナーで、世界を驚かせた。

バブル期は日本人が世界中の美術品を金にまかせて買いあさることで顰蹙《ひんしゅく》を買った時であったが、それは海外から美術品を買い戻す時期でもあった。

これまで国内の美術品は、幕末・明治初期と第二次大戦後の二度、多量に海外に流出した。これは、剣道や柔道などの武道が軽視され沈滞化した二度の時期と合致している。自国文化・伝統の蔑視、西洋文化の賛美である。この風潮の中で、武道においては警察の保護が大きかったが、美術品に関しては組織的保護などなかった。

中央アジアの貴重な遺跡が某原理主義者に破壊されて世界的に問題になったが、日本においても明治初期に復古主義からの「お寺こわし・廃仏」がある。彼等にとっては、人類の文化財産・美術品・芸術品も単なるモノとしか見えない。大変革時や混乱時には、蛮行・愚行が付きまとうものである。

当時、マスコミの話題となり、草葉は各地の美術館への貸与を明言していたが、実際にはほとんどこの部屋に掲げてある。

そして、振り返って慇懃に言った。

「近頃少し血圧が高いので、今日はこのあたりでよろしいですか」

松岡は、草葉を見据えて静かに返答した。

「もう少しお話をしたいことがあります」

草葉はいつもとは違う挑戦的なものを、松岡の目と口調に感じた。

その日の夕方、ゴルフを運転している男の携帯が鳴った。

「至急頼みたいことがある」

八

イギリス大使館は千代田区一番町にある。幕末の頃、あの傲慢なハリー・スミス・パークス公使がイギリス領事館としてその地を決めたものであるが、在外公館の中では皇居に最も近く、最高の場所を占めている。

日本民政党本部ビルは、そのイギリス大使館の近くにある。


三階の会議室で、日本民政党副総裁・三雲勝也は、党の経済活性化緊急対策会議議長として、総理に提出する最終報告書のまとめを早朝から行っていた。この会議には、高輪大学の有森教授ら民間エコノミストも数名加わっている。

会議の事務局長を務める党の経済調査会長の発言中、三雲に小さなメモが第一秘書（三雲勝也の長男・勝則）から届けられた。三雲はそれを一見し顔色を変えた。その一部始終を、出席者全員が経調会長の説明を熱心に聞いていることを装いながら、興味を持って注目していた。全員が三雲の表情の変化に神経を傾けていた。

経調会長のトーンが少し下がり、そして三雲の方を凝視した。

「会議の途中ですが……」

三雲は経調会長の発言を中断した。その声は動揺からか少し裏返っていた。

「今朝拉致された関七ユニオンバンクの松岡代表が、先程、江戸川の堤防に乗り捨てられた専用車の中で、遺体で発見されました」

松岡竜太郎は、政府の各種委員会の常連メンバーであるため、出席者全員に少なからず面識があった。

驚きの声すら出ない重苦しい静寂が室内全体を覆った。

「詳しいことはわかっておりません。……惜しい人物でした。謹んでご冥福をお祈りします。今は一刻も早く犯人が逮捕されることを願うばかりです。少し早いですが、昼の休憩に入りましょう。一時から再開します」

三雲が席を立って会議室を出ると、室内に異様なざわめきが起こった。

「部屋で話そう」

廊下で待っていた第一秘書に三雲は短く言うと、四階の副総裁室に向かった。

「頭部を銃で撃たれて即死です」

私設秘書の佐倉次郎が言った。

「……」

「それから、これはまだマスコミには公表されていないのですが、代表の左手の小指が骨折しておりました。九〇度逆に曲がっていたそうです」

「それは抵抗した時のものか？」

「争った形跡はなかったようです。恐らく何もできなかったのでは……」

「では、どうしてそうなった？」

「殺すのが目的ならば、すぐその場で射殺していたでしょう。一種の拷問ではないかと……」

「拷問！　なぜそんな必要がある。金に絡む怨恨か？」

それまで黙っていた第一秘書が驚いて言った。

「何かを聞き出すために……」

「……それは残酷なことだ」

三雲はそう呟くと目を閉じた。

関七ユニオンバンク・松岡竜太郎代表は、代表就任にともない埼玉県所沢にある住居を社宅として貸し、元麻布の高級マンションに移転した。代表としての激務を考えて東京に住居を移しただけでなく、セキュリティー面からの配慮もあった。

この日の午前七時三十分、いつものように代表専用車がマンション玄関前に停まり、秘書が迎えに出た。代表が後部座席に座り、秘書が助手席に乗り込もうとした時、突然、目出し帽を被ったトレーナー姿の二人組が襲いかかった。一人は秘書の首に背後から腕を巻きつけ、頭部をひねり回して簡単に頸骨を折った後、後部座席に滑り込んだ。別の一人は、運転席ドアの側に立っていた運転手を足払いで投げ倒した。すぐに専用車はその場を急発進し、五～六秒の瞬間ともいえる出来事に、偶然通り合わせたサラリーマンも呆然と見守るだけであった。


「知っていることはすべて話したでしょう」

「その上で殺したのか。……闇の世界の連中か？」

そう言うと三雲は佐倉の顔を見た。

「手口からプロと思われます」

「待ち伏せをして、拉致をして、何かを聞き出して、そして殺害する。まさに計画的犯行だな」

「運転手によれば、秘書を襲った者は大柄で目の色は青かったと。一瞬、犯人と目が合ったそうですが、恐怖で金縛りになり、気付いた時は救急隊員に担架で運ばれていたそうです。背後から突然倒されたようで」

「犯人は外国人ということか?」

「最近は日本人の犯罪も凶悪化していますし、カラーコンタクトで眼を青くすることもできますので、断定はできません」

「……」

「すべて無言で一瞬の行動です。しかも、殺された秘書は、学生時代には柔道の選手で、身長一八〇センチ、体重一〇〇キロのりっぱな体格をしております。その鍛えた太い首を一撃にへし折ることなど、普通の者にはできません。何らかの心得がある者だと思われます」

「殺人の訓練を受けた者か……。警察の見通しはどうなのだ?」

第一秘書が聞いた。

「今は現場検証と周辺の聞き込みが中心です。それに、関七ユニオンバンクや松岡代表周辺にトラブルがなかったかどうか。銃弾の検証と遺体の司法解剖で何かわかるかもしれませんが」

九

その日、朝の約束が草葉相談役の急な都合で変更され、午後にアンベルク取締役ら三名は、椎名社長と倉橋財務部長の案内で草葉邸を訪れた。会談場所を草葉貞宗の私邸としたのは、できるだけ目立たないようにとの配慮からである。

冒頭、アンベルク取締役から懸念の発言があった。

「午後のトップニュースで、関七ユニオンバンクの松岡代表が遺体で発見されたとの報道に驚いております。これで、関七ユニオンバンクの方針が変わることはありませんか?」

会談は英語で行われた。草葉は英会話がある程度できるが、倉橋が補足した。

「今朝、松岡代表の誘拐と秘書が殺害されたことを聞き、関七の柏木副代表に電話を入れましたが、お察しのとおり、行内は相当混乱しているようでした。先程、松岡代表の死体が発見されてからは、連絡がとれる状態ではありません。しかし、柏木副代表が近く行われる緊急役員会で次期代表に就任することは確実です。従来どおり、計画は進むものと安心をして下さい」

草葉は、アンベルクの不安を消すため毅然と言った。

ダッハシュタイン銀行は、プライベートバンクである。日本の銀行が主業務とする企業への融資や個人ローンなどは行わない。融資をしないので焦げ付きはない。ダッハシュタインは投資会社であり、信託会社であり、証券会社であり、そして銀行である。顧客は、著名人以外、紹介があって審査に合格した者に限られている。資産運用は個人別に行われ、一人勘定によるポートフォリオ(Portfolio 資産の配分)運用が基本であり、ファンドマネージャーが担当者として一人つく。ダッハシュタイン銀行の手数料・管理料は、他のプライベートバンクよりもかなり高く設定されている。

資産運用の分析は、欧米各国から高額の報酬で集められた五~六人の優秀なアナリスト・経済学者・数学者が担当している。少数精鋭主義である。リスクを統計的に把握できるファイナンス理論を駆使し、各国の国債・公社債・株式などに分散投資を行い、欧州よりも主にアメリカを投資対象としている。そのため、運用成績はアメリカ経済に大きく左右される。

草葉貞宗のファンドマネージャーは、シュルツ頭取である。草葉は、一九八八年からダッハシュタイン銀行で運用を行った。九一年の湾岸戦争後のアメリカ経済失速時にはかなり損をしたが、その後の景気拡大とともに損失を取り返し、九七年のアジア通貨危機や九八年のロシア通貨危機にも大きく利益を出し、九九年のダウ一万ドル乗せには最高の利益を得ていた。二〇〇〇年四月にアメリカの店頭株式市場のバブルが破裂したが、それでも、現在の資産は当初資金の二十倍ほどにもなっている。年率約二九パーセントである。

半月前、倉橋秀樹がダッハシュタイン銀行で確認をしていた。

「私の現在の資産は、別荘の売却費も含めて七千百八十万ドルですね」

「そのとおりです」

「それを解約して、三パーセントの手数料を引いた残りの六千九百六十四万ドルをシュミット商会に移してもらう。シュミット商会は百六十四万ドルを手数料として取り、残り六千八百万ドルを『クライン』の名義とする。一ドル百十七円とすれば、七十九億五千六百万円になる。不足分を『クライン』の口座と私の持ち株五百万株を担保にして、ダッハシュタイン銀行はシュミット商会に出資する。シュミット商会はそれら資金をミュンスターに提供し、ミュンスターは第三者割当増資二百億円のうち百五十億円を負担する。関七ユニオンバンクほか銀行団十二行が残りの五十億円を引き受けることで全額処理する。これでよろしいですな」

「さらに、ミュンスターからは代表取締役副社長を派遣致します。ミュンスターというよりもシュミット商会出身の者ですが」

アンベルクが念を押した。

「よかろう」

この増資により、草風建設の自己資本比率は現在の三・七パーセントから六・八パーセントに増加するため、ゼネコン版「BIS規制」はクリアし、財務内容は大きく改善される。そして、筆頭株主はこれまでの草葉貞宗からミュンスターになる。第一位のミュンスターは四二・八パーセント、第二位が関七ユニオンバンクの四・五パーセント、第三位が草葉貞宗の三・四パーセントである。しかし、ミュンスターはダミーであり、現実には、草葉はミュンスターの持つ三億株のうち借入金分を除いた約半分を所有しているので、持ち株はおよそ二六・一パーセントとなり筆頭株主である。

「クライン」とは、草葉貞宗がダッハシュタイン銀行からシュミット商会に移した秘密の口座名である。シュミット商会は投資会社で、ミュンスターの大株主に一年前になったばかりであるが、ミュンスターに取締役を派遣し、経営参加を行っている。そのシュミット商会を実質支配しているのが、ダッハシュタイン銀行である。ダッハシュタイン銀行からミュンスターへの資金は、シュミット商会を通して行われる。そのため、ダッハシュタイン銀行の名が表に出ることはない。

草葉の持ち株五百万株の担保とは、毎年、決算日ごとに百万株ずつを五年間、提携発表前日株価の二五パーセント増単価で、シュミット商会を通じてダッハシュタイン銀行に売却することを意味していた。五年間、決算日にその単価以上の値上がりがなければ、ダッハシュタイン銀行は大きな損失を被ることになる。

しかし、シュルツ頭取はそう甘くない。シュルツにはある計画があった。このことはまだ、アンベルクも知らされていない。

書類は英文で、倉橋がすべて作成していた。細部まで確認をし終えた時、すでに夕刻を過ぎていた。ファジイ（fuzzy）な日本人に対し、欧米人はクリスプ（crisp）である。草葉は交渉が成立したことに対して礼を述べた後、ブラウェンを見て念を押した。

「くれぐれも、私と『クライン』のことは口外しないで下さい」

ブラウェンは笑顔で頷いたが、そのことはすでに充分承知していた。

（この秘密を漏らせば、シュルツ頭取から厳しいペナルティーを科せられる。恐らく命はないだろう）

草風建設・椎名社長とミュンスターのブラウェン社長は、仮契約書にサインを行った。それとは別に、草葉貞宗とアンベルクとの間でも覚書を交わした。草葉は、愛用しているエス・テー・デュポンの万年筆で、万感の思いをこめて署名した。そのペン先には、草葉家の家紋である鷹の羽の精緻な彫刻が施されている。

草風建設の第三者割当増資は、発行価格は二月一日から九日までの株価の終値平均が五十五・七円であることから、一〇・二パーセント低めの五十円の設定とし、発行株式数は四億株とした。三月二十九日を払込期日として発行されることになった。

〈松岡は秘密口座について言及してきた。マスコミに公表するとまで言ってきた。公表されれば世間が騒ぐ。この計画はどうなるか。そして、さらに思いもよらぬことを言った。松岡は口外しないための見返りを要求してきたのだ。退任後の老後資金だという。何億もの退職金が約束されていながら、ふざけている。首相直属の経済諮問委員会の常任委員でもあり、世間では顔の見えるバンカーとして、社会的評価の高い松岡の口からそのような言葉が出ようとはとても信じられなかった。松岡の実態は、紳士の皮を被った強欲な悪党だ。

指を折られたのは痛かったろう。これぐらいはしかたがない。しかし、それだけでよかったのだ。パニックになったからといって、何も殺すことはなかった。指を折られて平静でいる者などいない。さらに、秘書は全く関係がなかったのだ。秘書が怪力で抵抗したから、咄嗟にしかたなくあのようになったというが、言い訳に過ぎない。どうして、彼はあのような残忍な奴を応援に頼んだのだ。大変なことになった〉

十

オールディーズの生演奏をするパブ「メモリーゾーン」は、横浜・中華街東門近くの雑居ビル最上階の十階にある。
ドアを開けて一歩中に入ると、部屋中に響き渡る音と熱気、タバコとアルコールの混濁した空気に包まれる。視覚・聴覚・嗅覚は、たちまち非日常的状態になる。バンドの前は小さなダンスホールとなっており、主に二十代の男女が、五十年代、六十年代のヒット曲に合わせて踊っている。

その夜、佐倉次郎は奥の隅にある丸いテーブルにつき、水割りを飲んでいた。いつも同じ場所で、それは心を落ち着かせてくれた。ここにいるとなぜか酔いが早く、すべてを忘れることができた。脳の新皮質（理性を支配している所で、前頭葉・側頭葉・頭頂葉・後頭葉の四葉からなる）が麻痺し、旧皮質（本能を支配している所）にかかっていた、特に前頭葉からのストレスがとれることで、旧皮質が露出してリクリエイト（recreate 休養させる）される。東京から四十〜五十分のこの場所は、佐倉にとって事務所の誰も知らない心（脳）のオアシスである。

しばらくして、サラリーマン風の三十過ぎの大柄な男が入って来た。すぐに佐倉を見つけると手で合図をし、向かいの席に座った。アルマーニがその長身の体を包んでいる。優しそうな顔立ちをしており、外見からはとてもその男が広域指定暴力団に関係しているとは誰も思わない。

インターバルで急に静かになり明るくなると、それまで溜まっていた会話が一斉に紫煙のこもったホールに充満した。

二人は、一年ぶりの再会に談笑していたが、話題が深刻なものになり、次第に両者の顔から笑いが消えていった。

三十分後、次の演奏の始まりに合わせたかのように二人は立ち上がった。それと同時に、入口近くのテーブルでスナックをつまんでいた若い男も立ち上がり、先に店を出た。スーツを着ているが、どう見ても普通ではない。

二人は雑居ビルを出て、山下公園通りを横切り公園内に入った。真冬のこの時間帯では、人気はほとんどない。佐倉と男は、岸壁近くの冷たいベンチにコートの襟を立てて座った。数分ほどして二人は立ち上がり、佐倉と男は別れた。

一〇メートルほど離れて見張っていた護衛は、それを見て男に駆け寄った。

「何か問題でもあるのですか?」

真剣な顔をした男に、心配そうに聞いた。

「いや、……少し気になることがある」

男は考え込みながら、ダンヒルのシガレットケースからマルボロを取り出すと、護衛がすぐに火を点けた。男は氷川丸の船影を見ながら、ゆっくりとため息をつくように煙を吐き出した。

「一度調べてみるか」

そうはき捨てると、通りに停めてあるベンツに向かった。

十一

高輪大学の八王子キャンパスは、五年前に完成し、最新設備を備えている。すでに、本部のある品川から都心の喧騒を避けて政治経済学部、教育学部、理工学部が移転しており、学生約一万人を収容している。かつての郊外に新天地を求めた流れに沿ったもので、当初は完全移転の計画であったが、最近の都心回帰への見直しから、品川の本部を高層校舎に建て直し中である。周辺に点在している法文学部、美術芸術学部と新たに設けた社会人専用の社会教養学部、そして二〇〇四年に開設予定の法科大学院（ロースクール）をそれに集約し、都心と郊外の二面キャンパス構想に計画は変更された。

私立大学は、日本の大学のおよそ七五パーセントを占めており、少子化から三〇パーセントは定員割れとみられ、生存競争が強まっている。私大も教育機関とはいえ私企業である。いずれ統廃合の嵐が起こってもおかしくはない。

社会教養学部は、昼間は主婦やリタイアした高齢者、夜間・土・日曜日はサラリーマンを対象としたものである。少子化対策として社会人に新規需要開拓を図ったもので、すべてゼミ方式とし、通常の学部と差別化している。

有森教授が月一回大講義室で行う特別講義は、御用学者と一部に批判はあるが、わかり易くユーモアに富んだ説明に学生からの評判はよい。聴講生は部屋の隅々まで席を埋める。理工系の学生も紛れ込み、常に熱気に包まれていた。

いつものように講義を終えた有森教授は、研究室に戻るとロッカーからコートを取った。

(敷地が広いとかえって不便だな。どうして駐車場を近くにしなかったのだ。よくわからん)

心の中で不満を呟きながら、遠く離れた駐車場に急いだ。

今夕六時から、大手町の毎朝新聞本社で一時間ほど対談があり、その後は会食となっていた。

(一旦家に戻って、車は置いていこう)

昨年、有森は月島に新築された地上三十二階建て、超高層タワーマンションのハイクラスを購入した。4LDKで内装も眺望も一流である。約三十畳あるリビングの天井は三メートルを超え、バルコニーにかけて欄間がないハイサッシは開放感があって気分を爽快にする。妻もリビングとダイニングがキッチンを中間にして分かれているレイアウトを気に入っていた。

昼の今の時間帯は空いていた。有森は、学内の売店で買ったサンドイッチを頬張りながら、自然とスピードを上げた。

深夜、有森は知的で温和な学者からしばしばスピード狂に変身する。東名高速を御殿場あたりまで、一千万円のジャガーで飛ばすことがある。ストレス発散のためというよりも、その変貌は、「ジキル博士とハイド氏」の様相に近い。そのハンドルを握っている時の顔を、もし有森自身が見るならば、何かに取り付かれたような、据わった目の醜い顔相に恐怖することだろう。

後方でサイレンが鳴っているのにふと気付いた。

(しまった、スピードを出し過ぎたか)

反射的にスピードを落とした。白バイは有森の車を追い越すと停まるように手で合図をした。有森が車を路側帯に寄せて停めると、白バイは有森の車の数メートル前に停まった。

(それほどスピードは出していなかったはずだ。しかし、話が大きくなればまずい。マスコミに知れたら大変だ)

すでに、世間体を気にする小心ないつもの有森教授に戻っていた。急いで運転席から出ると、警官は中に入るように手で指図をした。助手席のロックを外すと、無言で警官が乗り込んできた。

「どうも申し訳ありません。あまりスピードは出していなかったと思うのですが」

その目は泳ぎ、顔は引きつっていた。警官はそれに答えず、ベルトに装着したバックからハンカチのようなものを取り出し、怯えている有森を見て口元を少し歪めた。

（何だ、それは）

それが有森の意識の最後であった。

数分後、警官を装った男はその場を離れた。

几帳面な有森教授が連絡もなく約束の時間に現れないので、不審に思った新聞社の担当者が自宅や大学に問い合わせてから、周囲は彼の失踪に騒ぎ出した。

パトロール中の警官が、手配のジャガーXKRクーペでシートを倒して仮眠しているかのような有森教授を発見したのは、死亡してからすでに九時間以上も経った午後十時前であった。

検死の結果、外傷や薬物反応はなく、また、車内に争った形跡もないため、心筋梗塞による突然死と断定された。

十二

翌朝、民放各局のワイドショーでは、タレント学者である有森教授の突然死を大きく取り上げた。

その日の午後、平河町の三雲勝也東京事務所に勤務する佐倉次郎の携帯に着信が入った。佐倉は所長に目礼をして廊下に出た。所長は第一秘書であり、三雲勝也代議士の長男である。

「今夜、どうだ?」

丸目亮からであった。その夜、西新宿にあるニュープラザホテルのラウンジで落ち合うことにした。

奥のステージではバンドをバックに、かつてのコニー・スティーブンスに似た若い女性が歌っている。その映像が眼球のレンズに漠然と映っているだけで、佐倉の聴覚は会話に集中していた。

「今日はいろんなことがあった。昨日、有森教授が突然亡くなって、先生は少しショックを受けているようだ。大事なブレーンだったからな」

「……」

丸目は、あえて返事をしないことで無関心を示した。

「ところで、電話で話せない用件とは何だ」

丸目とは五日前に会ったばかりで、佐倉には見当が付かなかった。

「あの頭取のことだ」

「関七の松岡代表のことか」

「あぁ、あれはプロのヒットマンではないかと疑っていたな、しかも白人の」

「あくまでも俺の勘だがね」

「どうやらロシア人のようだ」

「……ロシアンマフィアか？」

「いや、元ＫＧＢ（国家保安委員会）だ」

「ＫＧＢだと！」

一九八五年三月、ミハイル・ゴルバチョフは政治局員による投票の結果、一票差で書記長に選出された。一九九〇年二月、最高会議は政治局の廃止と大統領制を承認し、三月に人民代議員大会がこれを立法化することで共産党独裁体制が終結した。ゴルバチョフは正式に大統領になった。

一九九一年八月二十一日未明、陸軍特殊部隊のスペッツナズ（Spetsnaz）やKGB第七管理本部（監視部門）に所属する対テロ特殊部隊のアルファ（Alpha）は、ロシア共和国政庁を襲撃し、エリツィンら改革派指導者の逮捕を命じられた。しかし、部隊の一部はこれを拒絶し、ヤナーエフら保守派によるゴルバチョフ政権に対するクーデターは失敗した。その日、首謀者の一人であるクリュチコフKGB議長は逮捕された。

十月、ゴルバチョフ大統領によりKGBの廃止が命じられ、年内に解体された。しかし、その組織は、SVR（対外情報局、元KGB第一管理本部の海外情報収集・分析・工作）、FSB（連邦保安局、元KGB第二・第三・第七管理本部が統合して国内防諜）、FAPSI（連邦通信情報局、元KGB第八管理本部の暗号の解読・作成、通信傍受）、FSO（連邦警護局、元KGB第九管理本部の首脳警備）、PSB（大統領警護局、同大統領警護）に引き継がれた。

「どうして松岡代表を拉致・殺害する必要があるのだ。身代金目当てだったのか。それとも他に目的があったのか?」

「それは俺にもわからん」

「奴の居場所を知っているのか?」

「新潟だ。組の者が奴を見張っている」

丸目はニヤリとした。

「しかし、よくわかったな」

「不良白人は目立つからな」

佐倉は、広域指定暴力団・鴉丸組の情報力に驚いた。

「奴は新潟の組とも関わりがあった」

丸目は水割りを一気に流し込んだ。

「あの事件の前夜、奴は突然姿を消した。いつもの仕事をキャンセルしてのことだ。組の連中は怒った。数日後、奴は組に金を払って和解した。だから、連中はよく覚えていたよ」

「その連中とロシア人がしていた仕事というのは?」

「それを俺に聞くな!」

丸目は鋭く突き放した。

「わかった」

二人の間の空気に小さなひびが少し入った。それが自然に塞がるのを見計らって、佐倉は聞いた。

「そのロシア人は二人組か？」

「いや、一人だ」

「松岡代表を襲った者は二人組だった」

「少なくとも奴は状況からみてそのうちの一人か、または何らかの関係があると俺は睨んでいる。捕まえて吐かせてみるのが一番手っ取り早い」

「いや、直接手を出さないでくれ、面倒なことになる。これは警察の仕事だ。桐野にそれとなく相談してみる」

「桐野光弘か？」

丸目の問いかけに、佐倉は黙って頷いた。

「俺はただ、金目当てのスパイ崩れが日本人を二人も平然と殺して、この日本で悠々と暮らしているのが許せないだけだ。ただ……、このことで新潟の組に飛び火するのは困る」

と言って、丸目は少し顔を歪めた。

「後の一人はロシア人ではないのか？」

「日本人の協力者ということもありうる。土地勘からみて、恐らく東京に住んでいる者だ。うちの関係者でないことをまず確認したい。それまで、桐野にはしばらく黙っていてくれ」

丸目は佐倉を見据えた。その迫力に息をのみ、佐倉はすぐに目を逸らせた。

（この十年、丸目はどのような修羅場を駆け抜けて来たのだ）

眼下の宝石をまき散らしたような街の小さな灯りは、一瞬、佐倉の思考を宙に浮かせた。それと同時に、甘い女性の歌声が耳に入ってきた。

「そのロシア人はどうしている？」

しばらくして、少し話題を変えるかのように佐倉は聞いた。

「昼はジムに行き、夜はバーに入り浸っているそうだ。毎日トレーニングを欠かさないのには感心するが」

十三

赤坂のホテル・ヤマクラに、三雲勝也代議士は呼び出された。

ホテル・ヤマクラは、山倉財閥二代目当主・山倉栄十郎が昭和三十七（一九六二）年に設立したもので、かつてこの辺りの高台は、山倉家の屋敷があった所である。当時、外国人向け宿泊施設は少なく、昭和三十九（一九六四）年の東京オリンピックに間に合わせるように建設された第一号である。その高い格式は、グランドクィーンホテルとともに双璧をなしている。そのグランドクィーンホテルの設立には、初代当主・山倉栄一郎も深く関わりを持っている。

三雲が予約された部屋に入るとほぼ同時に、室内の電話が鳴った。

五分後、三雲は八〇〇一号室のドアをノックした。中から若い男が現れ、三雲を中に招いた。

「お忙しいところ申し訳ありません」

椅子に腰かけていた男が、三雲に近づいて挨拶をした。

「どうして急に呼び出したのだ。こちらの都合も少しは考えてくれ」

三雲は不機嫌そうに言った。

「有森教授のことです」

「あぁ、一昨日突然亡くなった。二週間ほど前に会った時は元気だったが……」

と言ってから三雲は男を見た。その男の顔には表情がない。

「まさか……」

三雲の顔から血の気が引いた。

「彼は、ある重大なことを漏らしたのです。何か心当たりはありませんか?」

男は丁寧な口調で聞いた。

「………」

「漏水はすぐに止めねばなりません。これは組織防衛の基本です」

「彼が一体何をしたというのだ」

「一週間前、彼は日本ゴールド・ウォール証券のチーフ・アナリストと密会をしておりました」

「密会とは何だ。エコノミスト同士、意見交換をしてはいけないのかね」

「その相手とは、ヤンキード社かＤＩＡ（Defense Intelligence Agency 国防情報局）の協力者です」

「どういうことだ」

「あの『軍産複合体』が動き出しました。ヤンキード社と国防総省は、ＳＴＯＶＬ開発のライバルすべてを叩き潰そうとしています。数日前、国防総省から防衛庁に非公式にですが、例の極秘開発プロジェクトについて照会が来ました。漏れたと考えられます」

「………」

「さらに金が動いております」

「金だと！」

「ここ数年、有森教授はマスコミでの活躍につれて、高級マンションや外車を購入するなど生活がかなり派手になっていたようです。投資ではかなり損をしているようで……」

「………」

「著名な経済学者が投資に失敗をしたうえ、外資系企業から多額の借金をしていることが公になれば、社会的生命を失います」

「有森は、日本ゴールド・ウォールから金を借りていたのか？」

「そのアナリストは、時間をかけてゆっくりと彼を改造した。最初はごくわずかな金額で、理論を実践するゲームのようにして誘った。そして、ズルズルと……。気が付けば引き返せないところまで来ていた。よくあるパターンです」

「そのような気配はまるでなかったが」

「弱みを握られて漏らしたのでしょう」

「しかし、殺すことはなかった」

三雲は語気を強めた。

「突然死だと報道されていますが」

男は静かに答えた。ドア近くに立っている若い男は、それを聞いて口元を少し歪めた。

「有森のことをそれだけ知っているならば、どうして何らかの手を打たなかったのだ。それが君達の任務ではないのか」

「彼については、実のところ最近までノーマークでした。実直な学者のイメージでしたから。この点に関しては反省をしております」

「これは、君達の怠慢が招いた結果だ」

「まだ、部外者にこのことを話される段階ではなかったのです。たとえ、側近であろうと大学の後輩であろうともです」

「あれは、わしに深い考えがあってしたことだ。君達にはわからん！」

「私は二週間後に開かれる臨時総会で事実関係を報告します。そのことをお伝えしたかっただけです」

「………」
「最終的には、〝あの方〟がご判断されます」

十四

「あれから後、海外に十日間ほど取材を兼ねた旅行をしていたので……」

「そうか、それはよかった。当分、あのことでは動くな。よいな」

「……それは、有森教授の突然死と関係がありますか？」

夜遅くに自宅への電話である。梁瀬は新聞記者出身だけに勘がよい。

「余計なことは詮索するな、わかったな」

三雲は、あの八〇〇一号室から予約された部屋に戻っていた。携帯を一方的に切ると、備え付けの小型冷蔵庫から缶ビールを取り出し一口飲んだ。この心の動揺を引きずって、私邸に戻るつもりはなかった。

（No.2のこのわしをホテルに呼び出して、何様のつもりだ。しかし、うかつには手が出せん。奴は実行部隊を握っているからな……）

高輪大学を卒業して十七年間、三雲は〝昭和の魔人〟の秘書をしていた。

昭和四十（一九六五）年に〝魔人〟は政界から引退し息子に地盤を譲ったが、たとえ〝魔人〟の息子といえども、若輩議員では大派閥を継げない。党内第二の大派閥・日本飛翔会は、後に首相となる派閥の大番頭が継承した。

昭和五十（一九七五）年のある日曜日、保安総括が一人の男を連れて〝魔人〟の屋敷に来た。三雲は、その男の陽に焼けた精悍な顔を、今でも庭内を桜花に染めた景色とともに鮮明に覚えている。

（あの時、奴は国豊会に入ることを承認された。あれから二人で多くのことを手がけたものだが……）

それから数年後、政財界に隠然たる影響力を持っていた〝魔人〟が亡くなると、昭和の重石が取れたかのようであった。〝魔人〟は、太平洋戦争を挟んだ戦前と戦後のまさに昭和の激動の時代に、表舞台と暗闇の世界を生きた巨大な指導者であった。

世間に知られていない国豊会は、〝魔人〟が終身会長として君臨していたが、会長補佐をしていた〝あの方〟が跡を継いだ。

戦時中、〝あの方〟は帝国陸軍の青年将校であり、徹底抗戦派であった。

昭和二十（一九四五）年八月十五日午前二時頃、竹橋の近衛師団司令部において、森師団長とその義弟にあたる第二総軍参謀の二人が、抗戦派の少壮将校ら二人に師団長室で殺害された。その時、部屋の外にいた〝あの方〟は、異変に気付いた衛兵を廊下で切り、重傷を負わせている。剣道五段の〝あの方〟は、急所をあえて外していた。

その日の午前五時頃、「一死以て大罪を謝し奉る」を遺書にして、阿南陸相が官邸で自決した。作法どおりの武人の最後であった。

正午の玉音放送を自宅で聞いた〝あの方〟は、自室で割腹自決をはかった。すでに息子の覚悟に気付いていた母親は、息子が短刀を腹に突き刺すと同時に部屋に飛び込み、すりこぎで後頭部を打ち昏倒させた。すぐに止血の処置をすると、医者を呼びに走った。

〝あの方〟の逞しい生命力と母親の限りない愛情は、奇跡をもたらした。

人間、一度生死の淵を漂うと人生観がこうも変わるものなのか。

〝あの方〟は、快復すると一転して勉学に没頭し、二年後、東京大学に入った。元来が頭脳明晰である。四十歳で東大法学部教授になり、その後、一部に軍経歴の批判もあったが、国際法の権威でもあることから最高裁判事になった。六十二歳の時である。

退官後、現在は霞が関ビルにある法律事務所で顧問をしている。

三雲の妻の実父は、宮城県の県会議員をしていた。〝魔人〟の死後、三雲はその縁から仙台に帰り、国会議員になるべく地道な運動を行った。初の総選挙で運良く当選をした。四十歳の時である。

現在、三雲は日本飛翔会の会長をしている。政界入りが遅く、当選回数の少ない三雲が諸先輩を押しのけて出世できたのは、抜群の行動力とその政治手腕によるとマスコミは称えるが、実は国豊会の陰の力が一番大きい。一個人、いくら能力があっても、それを発揮する場が与えられなくてはどうにもならない。


〝魔人〟の息子・伊一郎に、その器量はなかった。順番で国務大臣に一度はなったが、功績らしきものはない。周囲はもちろんのこと、本人にも実力がないことはよくわかっている。その雰囲気を察して嫌気が差したのか、あっさりと引退した。そして、当時大手商社に勤めていた長男の伊織に跡を譲った。早く引退したことが唯一の功績ともいえた。

〝魔人〟の孫である伊織は、日本民政党の全国組織部長をしている。また、名門派閥・日本飛翔会の幹事長でもある。父親の伊一郎とは違い、隔世遺伝なのか、〝魔人〟が持っていた輝きがある。しかし、〝魔人〟のごとき底知れぬ深みと迫力・凄みがないのは、年齢によるものなのか、育ちの良さからくるものなのか、経験の差からなのか。やはり、その生きる時代の違いが一番大きいようである。時代は人を育て創り出す。

三年前、伊織は国豊会に入会が許された。それまで、その「組織」の存在すら知らず、初めてそのことを聞かされた時、驚愕した。話したのは父・伊一郎ではなく、三雲であった。

三雲は、伊織を〝あの方〟の屋敷に連れて行った。

「人間は生れつき完全な善ではない。その不善を善に向けるようにしなくてはいけない。そのことで、知性ある人間としての生き方ができ、条理ある社会を築きあげることができる。『仁』、これは人間愛や思いやりをさす言葉であるが、人間としての生き方、政治家としてどのように国を治めるかについて考える時、常に念頭におかねばならない」

親子間の「孝」、兄弟間の「悌」、友人間の「信」、君臣間の「義」は、すべて「仁」である。

〝あの方〟は、この朱子学の倫理・道徳観で政治を行うよう伊織に諭した。

父親の伊一郎は、このことについて全く知らない。その資質を危惧していた〝魔人〟柚川伊兵は、伊一郎を国豊会に近づけず、このことは、〝あの方〟にも受け継がれていた。

柚川伊織は、国豊会の政務総括補佐をしている。

十五

深夜零時頃、密かに後をつけていたつもりの二人は、人気のない飲み屋街の裏道に自然と誘い込まれていた。

突然、二人の眼前にサムソノフが立ちはだかった。

「何か私に用ですか」

サムソノフは、ＫＧＢでは第一管理本部Ｔ部に所属し、日本で軍事・科学技術の収集を行っていただけに、流暢な日本語を話す。

二人は狼狽した。わずかな街灯の明りで浮かぶその青い目と低い声は、酔ってはいなかった。

「丸潟組のようですね」

サムソノフの発する異様な迫力に戦慄した二人は、それを無視して通り過ぎようとした。その時、突然一人の首に太い腕が巻き付き、鈍い音を発して一瞬のうちに頸骨が折られた。

無言で崩れる仲間を見た男は、

「野郎！」

と叫びながらベルトにさした登山ナイフに手をかけたが、横腹部に強打を浴びて悶絶した。

男がうめきながら意識を取り戻したのは、車の助手席であった。体中が汗で濡れていた。体を少し動かそうとして、激痛で顔を歪めた。折れた肋骨で内臓が損傷していた。男の両手親指はビニールテープで縛られているが、とても戦える体ではない。後部座席には仲間が無言で横たわっていた。周囲は静かで暗闇である。遠くに高速道路の照明灯が点線のように連なっている。男には冬空の星のように見えた。

「気が付いたか」

男を覗き込んだサムソノフの顔は、まさにロシアの赤鬼であった。男は叫び声も出ず、恐怖で失禁した。

十分後、男は仲間と信濃川の堤防にゴミのように放り出されていた。男は頸骨だけでなく手の指を二本折られ、口から泡を吹き、顔は苦痛で歪んでいた。

二人の失踪に気付いた鴉丸組系丸潟組は、市内の全組員に捜索の緊急指令を出していた。しかし、翌早朝、二人の死体が堤防で発見されてからは、それはサムソノフ抹殺指令へと変わった。

十六

二人の死体が発見された頃、定宿としているビジネスホテルを引き払ったサムソノフは、数カ月前から愛車としているゴルフGTI A/Tで関越自動車道に入り、東京へと向かった。ホテルを見張っていた組員は、サムソノフを尾行した。そのことは、二日前から新潟に入っていた丸目亮にすぐに伝えられた。

サムソノフは、谷川岳PAに立ち寄り公衆トイレに向かった。その後を三人の男がつけた。団体客がぞろぞろと連れ立って公衆トイレから出て来たが、まだ、数人が残っていた。サムソノフが小便器の前に立ち下腹部に手をやった時、後をつけて来た男達の一人がサバイバルナイフを両手でベルトの辺りに構え、サムソノフの腰をめがけて、後方斜めから突進した。

ヒュッ!

空を切る音がした。すばやく振り向いたサムソノフの右手が、男の首を一直線に横切っていた。鮮血が空中高く飛び散った。男は首から血を激しく噴き出したまま、ゆっくりと小便器横の壁に倒れこんで動かなくなった。血溜まりが白いタイル床上で急速に広がった。用をたしていた数人は騒ぎに気付くが、金縛りにあったようにその場に呆然としていた。

サムソノフは、二人に平然と向き合った。その目と顔は赤く燃え、右手にはナイフを握っていた。拳銃を構えていた男は、目前での仲間の凄惨な死とサムソノフの鬼の形相に一瞬怯んだ。サムソノフはスペツナズナイフを男に向け、親指でロックを外した。

シュッ！

柄の中の強力なスプリングで発射された鋭い刃は、男の腹に異様な音を立てて突き刺さった。刃先は簡易防刃ベストを突き破っていた。

「ウゥゥ……」

男はうめきながら、うずくまるように崩れた。

ニヤリとしながらサムソノフは丸目亮に向き合うと、ワルサーＰ22を腰から取り出した。

「先に拳銃で襲うべきだったな」

サバイバルナイフを持った若い男が血気にはやり、先に仕掛けてしまったことが、サムソノフの勝機となった。

その日は土曜日で、佐倉は自宅にいた。昼食に出かけようとした時、桐野から緊急連絡があり、すぐに丸目家に電話を入れた。丸目家は、鴉丸組本部ビル上階を占めている。

昭和二十（一九四五）年八月十五日の終戦の日、中国大陸には、中国本土（香港含む）に約百六万人、満州に約六十六万人の将兵がいた。

丸目亮の祖父である丸目亮助は、中国・湖北省《フーペイ》で終戦を迎え、昭和二十一（一九四六）年七月、一年間の捕虜生活を終えて帰国した。これは、過酷な強制労働を伴ったシベリヤ抑留と様相が大きく違っていた。この差は何に起因するものか。シベリヤという厳しい自然環境だけが、抑留者の一割にあたる六万人以上もの犠牲者をもたらしたのではない。

翌年、亮助は故郷の金沢から上京した。戦後の混乱の中で、度胸と腕力に長けた亮助は、徐々に頭角を現した。黒シャツに黒ズボン、そしてその風貌から鬼鴉と恐れられた。亮助の周囲に人が集まった。亮助には、人を魅了する包容力と器量があった。黒シャツに黒ズボンの黒い集団は、「鴉の群団」と形容された。

米軍ＰＸ（Post Exchange　陸軍、海兵隊基地の販売店）からの横流し品は、仕入れ価格の数倍で売れ、それは武装化の資金源となった。金さえあれば、武器は米軍からいくらでも調達できた。当時の闇市での抗争は、刃物から銃器に主流が移り、銃は力の源泉であった。

「鴉の群団」は、動く金が大きくなるにつれて必然的に「軍団」として組織的行動をとるようになり、ついに丸目亮助は鴉丸組を結成した。資金が豊富になると、さらに人は蜜に群がる蟻のようにそれを求めて集まる。亮助個人の魅力と金は、大きな吸引力となった。やがて、鴉丸組は東京から関東一円・甲信越にその勢力を広げた。

亮助が病で倒れた時、一人娘の麻希子はまだ十八歳であった。当時の若頭は麻希子と結婚し、丸目家の養嗣子になった。

昭和四十五（一九七〇）年、大阪万国博覧会の年に亮が生れた。

鴉丸組組長である亮の父・丸目順三は、事情聴取のため警察に出頭し、母・麻希子も病院に行き、ともに不在であった。若頭の村瀬重秋が応対した。

「銃弾の衝撃で肋骨を折る重傷です。ケプラーのベストを着ており、さらに小口径であったことが幸いしました。しかし、護衛の一人は首を切られて即死、もう一人は防刃ベストを突き破ったナイフで重傷です。若は、監視させていた組員が殺された責任を感じて焦ったのでしょう。丸潟組の応援がすぐに駆けつけたのですが、奴が拳銃を乱射したため逃がしました」

佐倉は声が出なかった。

「こちらでけじめをつけさせてもらいます」

村瀬の丁寧だが怒りを抑えた怖い声が、佐倉の耳に響いた。村瀬の言葉には、組の総力をあげて、三代目と仲間の仇を討つ覚悟が込められていた。

十七

「なぜ、私に電話をかけてきたのだ」

「そう、驚くな。公衆電話だから安心しろ」

サムソノフは、公営団地の広場の隅にある公衆電話ボックスからかけていた。

「彼では埒があかないと思ってね」

「私は関係ない、電話を切るぞ！」

「待て！　詳しく話している時間がない。警察と鴉丸組に追われている」

「昨日の谷川岳は、やはりお前か！」

谷川岳ＰＡの殺人事件は、トップニュースで大きく扱われていた。

「すぐに金がほしい」

「また、人を殺したのか！」

「日本を出る。さらに五千万、今から言う口座に至急振り込んでくれ」

「日曜日のこの時間に、そんなことができるわけがないだろ」

「明朝、一番だ！」

「もし、振り込まなければ……」

サムソノフは大声を上げた。

サムソノフは急に黙った。

「……おい、どうしたのだ、おい！」

ぶら下がった受話器から男の怒声が出ていた。


サムソノフは、殺気を感じて耳から受話器を少し離した。前方にヘッドライトを消したセダンが一台ゆっくりと停まった。電話ボックスのガラスには、後方から近づく車のライトが反射していた。

（外に停めた車に飛び込んで、発進するには時間がかかり過ぎる）

電話ボックスの中の様子は、スポットライトを浴びた舞台のように男達からよく見えていた。

サムソノフは瞬時に決断した。ドアを開けるや広場に向かって走った。同時に前後の車から男達八人が飛び出した。サムソノフは走りながら拳銃を抜くと、振り向きざまに中腰姿勢になり、両手で狙いをつけて三連射を三回繰り返した。

パン！　パン！　パン！

乾いた銃声は、深夜の団地の壁に不気味にこだました。サムソノフは落ち着いていた。狙いは正確で、男が次々と倒れた。悲鳴はなかった。サムソノフが走り出すと同時に、地面に伏せていた男達は無言で再び追いかけて来た。サムソノフが予備のマガジンをポケットから出した時、突然、ボコッ！　と音がして左腕に強い衝撃があり、サムソノフは前のめりに転倒した。この時、マガジンが左手から離れた。サムソノフは拳銃をとっさに構えて見上げると、金属バットを振りかざした長身の黒い影があった。

サムソノフは、その男を拳銃で威嚇しながらゆっくりと立ち上がった。冷や汗が腋の下を流れていた。

（左腕がしびれて動かない。どうやら尺骨が砕かれたらしい）

すでに周囲は、刃物を手にした男達五人に取り囲まれていた。荒い息づかいから吐く白い息は、獲物を前にした猟犬のように殺気立っていた。

「陣屋、もういい」

低い声がした。

金属バットを持った男の後ろから、ガッチリした体格の男がゆっくりと出てきた。男に呼吸の乱れはない。右手に持った抜き身の日本刀が、街灯を反射して鈍く光っていた。サムソノフはその男と目を合わせた瞬間に、自分の運命を本能的に悟った。

（殺される）

サムソノフは、旧KGB時代、第一管理本部T部所属になっていたが、実はS部（エージェントの管理）から極秘に派遣されていた秘密工作員であり、暗殺や破壊工作もその任務に入っていた。そのS部の特別訓練所にいた恐ろしい教官の目を、サムソノフは思い出した。

覚悟を決めた時、自然に体中から力が抜け、右手から拳銃を落とした。拳銃には弾が二発残っていたが、この連中を相手にどうにもならないことはわかっていた。

サムソノフになぜか死への恐怖はなかった。生への完全な絶望は、死を許容し恐怖をなくすものなのか。生と死の断絶についての認識は、宗教からくる死生観の違いであろうが、欧米人の方が日本人よりもはるかに強い傾向があるという。

「イャーッ」

その男は、サムソノフを睨みつけたまま鋭い気合とともに、左頸動脈から袈裟がけに一刀で振り切った。男は返り血を顔に浴びた。サムソノフは、首から血を激しく噴き出しながら、声も立てず膝から崩れるように倒れた。日本刀の切れ味は凄まじいものがある。首の半分はきれいに切断され、胴体と違った不自然な方向を向いていた。

男達は血が流れ出るサムソノフの死体をそのままに残し、倒れた仲間を担ぐと、すばやくその場を去った。

深夜の団地の建物に囲まれた広場での大勢の靴音は、レンガ敷きのためよく反響した。殺気だっていることは、音の調子で本能的にわかる。人声が全くしないとなれば、無気味さはさらなるものがある。誰もかかわりになりたくはない、その思いから、火事などと違って野次馬根性など起きない。部屋から出るものは誰一人いない。広場を見下ろすことのできるかなりの住民が、子供も含めて窓のカーテンの隙間から、街灯の光に浮かぶ黒い集団を見ていた。乱闘はしていないが、誰かを取り囲んでいた。突然静寂を破る気合があり、何かが振り下ろされると同時に大男が倒れた。目撃していた住民は、目の前で何が起こったのかを充分に想像できた。「見てはいけないものを見てしまった」、その恐怖と後悔で震えた。

数分後、多くの住民が一斉に警察に通報を行った。

十八

「松岡代表殺害の容疑者の一人が、昨夜、斬殺されました」

「あの団地での殺人事件のことか。殺されたのは代表殺害の犯人か。朝のニュースでは、そのようなことは触れてなかったが」

「鴉丸組の三名が拳銃で撃たれて重傷で、救急病院に入院しております。殺されたのはロシア人で、日本刀で首を斬られておりました。早朝にその凶器を持って鴉丸組組員が自首して来たそうです。日本刀は盗難品でした」

「物騒な時代になった。ところで、それは君の友人からの情報かね?」

「………」

　佐倉は小さく頷いた。

「うむ、なぜ、そのロシア人が代表殺害の犯人だとわかるのだ?」

「その組員の自供では、斬殺されたロシア人、名前はサムソノフというのですが、彼が代表殺害の容疑者だと言うのです」

「どうして、その組員がそのようなことを知っているのだ？」

「新潟の鴉丸組系丸潟組は、そのサムソノフを以前から知っており、サムソノフの代表殺害に疑いを持った組員が殺されたのでその報復をした、と供述しているようです」

「丸潟組は、そのロシア人とどのような関係があったのだ。麻薬か？」

「詳しいことはわかりませんが、盗難車の密輸に関係していたようで……。ロシア人の乗っていた車は盗難車でした」

「丸潟組は代表殺害に関係がないということか？」

「ないようです。サムソノフの持っていた拳銃は、松岡代表殺害時の旋条痕と恐らく一致するでしょう。それに、丸目亮や鴉丸組組員の受けた弾とも。これらは決定的な物的証拠となります」

「代表殺害犯はやはり外国人か……。後の一人はどうなのだ？」

「サムソノフの携帯の通信記録を調べているようです。しかし、ロシア人が殺されたのは、捜査上まずいことになりました」

「鴉丸組の口封じではないのか？」

「いえ、鴉丸組は組長の息子の丸目亮が撃たれたことや組員が殺害されたことの報復のようです。代表殺害とは直接関係ないと思われます」

「しかし、余計なことをしてくれたな。これでは真相がわからなくなる」

「鴉丸組としても組の意地と存在がかかっています。丸潟組の密輸のことがあったとしても、他に選択はなかったのでしょう」

「ところで、組長の息子はなぜ、あの谷川岳でそのロシア人を襲おうとしたのかね？」

「系列組員がロシア人に殺された報復のようです」

「組長の息子がわざわざ東京から出向いて、自分の手でやるのか？　ありえないことだ」

「……」

佐倉は返答に窮し、話題を意識的に変えた。

「ところで、容態が落ち着いたら丸目を見舞いたいのですが」

三雲は、佐倉の表情からあえて話題の変更に応じた。

「それはまずい。……それに重大事件の関係者と簡単に面会ができるのかね？」

「面会のことは例の友人に頼んでみようかと。彼と一緒ならばできると思います。ご許可をお願いします」

佐倉は頭を下げた。

「……聞かなかったことにする。ただし、その時は休暇をとって、私用として目立たないようにしてくれ。それでも公になれば、私の監督責任は免れないがね」

三雲には肝の据わったところがあった。

「ありがとうございます。ご迷惑はおかけしません」

「しかし、君の友人には、警視庁のキャリアから広域指定暴力団組長の息子まで、少し極端だね」

「大学の剣道部の同期です」


「昨夜、サムソノフから電話があった時は、鴉丸組に襲われる直前だったようだ。奴は私のことを漏らしていないだろうな」

「あそこでは、そのような話をする状況ではなかったと思います。鴉丸組はサムソノフ殺害が目的でした」

「そうか。奴が殺されて少しは危険が去ったか」

男は安堵の表情になり、マイルドセブンに火を点けた。

「お前も気を付けなさい」

男には、すでに相手のことを考える余裕が戻っていた。


「わかりました」

玉城竜一は電話を切ると、事務長の宍倉を見た。

「おい、この週末は東京に行くから留守を頼むぞ」

「先生からですか?」

宍倉が聞いた。玉城は頷くとソファーに座り、湯呑みに冷や酒を注いだ。

「今度の相手はこれまでとは違うようだ。矢部に稽古が終ったらここに来るように言ってくれ。それから支部の連中だが、山根と谷本に連絡だ。金曜日の夜七時、いつもの東京のホテルに集合、三月二日の金曜日だ。よいか」

武拳大竜館は仙台に本部を置く実戦総合格闘技道場で、福島と山形に支部を持っている。稽古は厳しく、初心者にも手加減をしない。興味本位の者は一日で来なくなる。従って、道場生は少なく経営は苦しい。経営的には子供や女性にまで門戸を広げ、健康・美容・護身・心身の鍛錬を全面に出せばよいが、あくまで実戦格闘技にこだわっている。スポンサーからの援助がなくては成り立たない。


武拳大竜館館長の玉城竜一は、昭和四十七(一九七二)年、沖縄返還の年に那覇で生れた。子供の頃から体は大きく、普段はおとなしいが短気な性格を持っていた。

中学生になり、自己についての意識である「自我」に目覚めた頃、内面に押し込められたストレスが、突然噴火するかのごとく暴発するようになった。家庭環境のコンプレックスが変じたものである。他人からみれば大したことではないのだが、本人にすれば重大なことで非常に気になる。誰でも思い当たることであるが、玉城の場合にはそれが情緒不安をもたらし、それが切れた時、なぜか人を無性に殴りたくなる衝動にかられた。自己抑制が利かず、誰かれなく喧嘩を売っては溜飲を下げた。

「アードラー（オーストリア、一八七〇～一九三七年）心理学」の中心となる考えはコンプレックスである。人はコンプレックスに打ち勝とうとする時、「補償」が行われる。その「補償」は、四種類に大別できる。

その一つに、実際には能力がないのに、ありそうなふりをする「防衛補償」というのがある。攻撃的であるのは、人に触れてもらいたくないコンプレックスをかかえた弱い自分を強く意識しており、そのために強い人間であるかのようなふりをしているのである。強い自分の存在を他人に認めてもらいたいがために、あえて強い男であるかのようにふるまうのである。

「補償」にはさらに、「有効補償」「慰め補償」「派生補償」があるが、「有効補償」は、コンプレックスを克服した場合である。

高校生になると、玉城は他人を攻撃していく中で徐々にコンプレックスが消え、自分への自信に変わっていった。それは、いびつなものではあったが、「防衛補償」から「有効補償」へと転じたのである。そして、玉城の風貌からは、いつしか幼さが消えていた。

弱さを隠す、あるいは現実から逃避する喧嘩が、戦いを好む、あるいは挑む喧嘩へと変貌した。繁華街で酔っ払った大男の米兵達を殴り倒すようになり、ひそかにクレージードラゴンと恐れられた。

高校卒業後上京し、バイトをしながらボクシングジムに通った。スパーリングでは常に過剰に反応した。巨体が発する凶暴さには誰も手がつけられず、将来を嘱望されつつも、ジムから追放された。

その後、戦う巨大なエネルギーは実戦空手に向かわせた。そこには、似たような連中が世界各地から集まっていた。彼らはよき稽古相手であった。東洋人とは全く違う骨格の西洋人道場生達、肉を主食とする狩猟民族の彼らの闘争心は、自ら奮い立たせるものではなく、本能としての激しいものであった。アフリカ系道場生達のスピードあるしなやかな鞭のような蹴りは、あらゆる方向から容赦なく攻めてきた。顔面を殴られる痛みと流す血は、次第に快感にすらなった。系統的に基礎から格闘テクニックを習得し、ウェイト・トレーニングをすることで、玉城の格闘パワーは飛躍的に向上した。

五年後、玉城は本部道場の師範代になった。当時の玉城の写真がある。パッサイの演武をしているが、野獣のような鬼気迫る迫力がそこから伝わってくる。

三雲勝也代議士と出会ったのは、その頃である。

道場主が主催する国際大会は、二年に一度、日本武道館で開催される。その特別来賓として出席していた三雲の世話係が、ケガのため欠場をしていた玉城であった。他人に迎合しない二人の波長がどこかで合った。それは理屈では説明できない。玉城は三雲に認められ、地元仙台事務所の私設秘書として採用された。

一年後、玉城は私設秘書を辞め、仙台に新総合格闘技道場を開いた。

十九

二月二十七日――二月十三日に仮調印をしてから二週間後ということでこの日になった――草風建設とドイツの中堅建設会社・ミュンスターは、資本・業務両面での包括提携合意について、大手町の日本産業連盟会館で発表を行った。会見には、関七ユニオンバンクも同席した。

草風建設から椎名社長、ミュンスターからブラウェン社長、関七ユニオンからは柏木代表が臨んだ。ブラウェン社長の後方には、通訳として倉橋秀樹がいた。その場に当然のことながらダッハシュタイン銀行の姿はない。公式書類にも一切、その名は記されず、従って、マスコミもその存在を知らない。

椎名社長は、「国内での需要が期待できないため、ミュンスターから経営陣を受け入れ、資本と技術を導入し、ミュンスターとともに海外での受注拡大を図る」との基本方針を述べた。

――草風、独企業の傘下に入る。業界再編・淘汰は加速する――

業界と市場に新風が吹いた。

その日、草風建設の株価は値幅制限いっぱいまで上がった。


草葉貞宗は、終日、私邸の書斎にこもっていた。

(草風建設がミュンスターの傘下にか……。増資二百億の四分の三は私の金ではないか。借入金であっても、それは私の資産を担保にして借りた金だ。草風建設は、決してミュンスターの傘下には入っておらん)

(しかし、まぁ、うまくいった。後、気がかりなのは、あのことだけだが……)

二十

草風・ミュンスター　資本・業務提携――の見出しが、経済紙朝刊紙面を大きく飾ったその日の午後、佐倉と桐野はＪＲ水道橋駅近くの喫茶店で待ち合せた。

「その後、捜査の進展はどうだ？」

桐野が椅子に腰かけるなり、すぐに佐倉は聞いた。

「携帯の通信記録を調べているが、新潟県内しかも丸潟組関係者との交信が非常に多い。特捜本部は、丸潟組が松岡代表殺害に何らかの形で関与しているとみて、新潟県警に協力を求めている。ただ……」

ウェートレスが注文を聞きに来たので、少しの間、二人は話を中断した。

「ただ、何だ？」

佐倉は話の続きを促した。

「少し気になることがある」

「……」

佐倉は桐野の顔を見つめた。

「特捜本部は丸潟組に捜査の重点を置いているのでまだ気に止めていないのだが、東京に数回電話をしている。リストから、それだけがなぜか浮かび上がって目に焼き付いた。気になって調べたところ、その人物は、ある人材派遣会社から草風建設に派遣されていた。サムソノフと草風建設は、どうみても繋がる要素がない。ただ、関七は草風建設のメーンバンクだから、全く関係がないこともない」

「その人物とは誰だ？」

「……」

警視庁刑事部参事官の桐野光弘は、黙って首を横に振った。


関東警察病院の待合室には、組関係者と思われる者が数人、外来患者に混じってソファーに座り、スポーツ新聞や週刊誌を読んでいた。

一般の入院患者と違い、丸目亮は制服警官が警備する五階・特別フロアの病室にいる。

佐倉を従えた桐野は、ナースステーションに隣接した警備詰所の警察官に挨拶をして奥に進んだ。面会簿には、佐倉を参考人と記した。

いくつかの部屋の前には警備の警察官が椅子に腰かけているが、丸目の部屋の前にはいない。ノックをすると、中から若い女性の声がした。

(丸目珠代だ)

二人は同時に思った。


珠代は亮の二歳上の姉で、清楚な美人である。短大卒業後、小さな商事会社に就職した。その頃、客筋の大手商社マンと付き合っていたが、珠代が広域暴力団組長の娘と知り、その男は次第に離れた。

珠代の深い悲しみを見た亮は、男の仕打ちに激怒し傷を負わせた。傷害罪で逮捕された亮は、大学を自主退学した。

その商社マンは、傷の癒えた一カ月後、春の人事異動を待たずに地方の営業所に左遷された。スキャンダルを恐れる会社の緊急避難措置であった。しばらくして、転居の整理もされていないアパートの部屋で、彼は本の詰まったダンボール箱を足場に、照明灯のコードで首を吊った。遺書もなく、その死に不審を抱く者もいたが、警察はエリート社員の将来への絶望からくる自殺と断定した。

珠代は旧知の二人に挨拶をして、急いで折りたたみ椅子を整えた。お茶をいれた後、席を外した。

病室は明るく清潔で通常の広さである。窓は少し小さ目だが、鉄格子もなく、一般病棟と変わらない。ただ、窓ガラスは椅子をたたきつけたぐらいでは割れない特殊強化ガラスで、開閉できない構造になっており、窓枠には振動感知センサーがついている。

「どうだ、具合は？」

佐倉が聞いた。その顔は、丸目にあの話をしなければとの自責にかられて、悲痛な表情を浮かべていた。鴉丸組関係者に死者三名、重傷者四名が出た。世間を騒がせ、恐怖をもたらした大事件の一因として、その責任は重い。

「順調だ」

「そうか……」

佐倉は少し涙ぐみ頭を垂れた。すでに佐倉から事情を聞いていた桐野は、二人の様子を黙って観察していた。その桐野に丸目は言った。

「あのロシア人は、うちの者が始末したようだな」

「ああ、見事な太刀筋だ。あれは自首して来た若い組員ではない……と俺はみている」

桐野は口にこそ出さなかったが、村瀬重秋が怪しいと睨んでいた。

明治二十七（一八九四）年八月一日、日清戦争が起こり、日本中に尚武の気風が高揚した。

明治二十八（一八九五）年四月十七日、日清講和条約が成立したその日、日本武道の総本山である大日本武徳会が、武道振興の目的で京都に創設された。その年は、平安遷都千百年の記念大祭が行われた年でもあった。そして明治三十二（一八九九）年、平安神宮の西隣に大道場が建設され、武徳殿（現在の京都市武道センター）と命名された。

戦前、その武徳殿において、「電光の上段」と異名をとる若者がいた。名は村瀬重行。戦後は故郷の宇都宮で小さな町道場を開いていたが、ある時、道場生が盛り場でヤクザと喧嘩になった。殺伐とした時代である。酒の勢いもあり、持っていた竹刀で相手を打ち砕いたが、その後、組から狙われるようになった。村瀬は、その道場生を連れて組事務所に和解に行ったが、話がもつれて大乱闘となった。ついに、村瀬は単身、組の上部組織である鴉丸組本部に乗り込んだ。そこで、丸目亮助と村瀬重行は、初めて顔を合わせた。

両雄、相通じるものがあった。丸目は村瀬の男気を気に入り、村瀬は丸目の度量に心酔した。丸目は村瀬に東京で道場を持たせた。

その年、昭和二十五（一九五〇）年に、長男・重秋は生れた。重秋は幼い頃より木刀を手にして遊んだ。父・重行が拳銃で撃たれたのは、重秋が中学生の時であった。丸目と赤坂の料亭を出た時、敵対する組のヒットマンに襲われた。村瀬は丸目を庇おうとして立ちはだかり、腹を撃たれつつもそのヒットマンの頭蓋骨を鉄扇で叩き割った。責任を感じた丸目は、残された妻子の面倒をみた。この頃から重秋の剣道に凄みが加わり、相手を完璧に倒すことに異常な執着心を持つようになった。

鴉丸組若頭・村瀬重秋が剣道の達人であることは知れ渡っている。道場剣道ではなく、並外れた膂力《りょりょく》による力技・荒技の実戦剣道で、高校時代から町道場や大学剣道部の道場荒しを行っていた。


三十分ほどで佐倉と桐野が病室を出ると、珠代がドアの前で立っていた。

「長時間、すみませんでした」

桐野が優しく声をかけた。

「いえ……」

「事情聴取は終りましたので、私達はこれで帰ります」

桐野が言い、佐倉は黙って頭を下げた。

「それでは、エレベーターの所までお送りします」

一歩離れて珠代は二人の後についた。

「珠代さんは、今はどうされているのですか？」

少し振り向いて、桐野が明るく聞いた。

「あれからも同じ会社で働いております」

「あの頃とぜんぜん変わっていませんね」

佐倉は、懐かしそうに珠代を見て言った。

二人は病院を出てしばらく立ち話をした後、佐倉は桐野に礼を言って別れた。桐野は再び病院に戻った。

佐倉は無性に歩きたくなり、あてもなく歩いた。軽いリズムの適度な全身筋肉運動は、末端の毛細血管まで血液循環をよくし、脳内ホルモンを分泌させる。歩行は佐倉の高ぶった気持ちを静め、頭の中の混乱を徐々に整理させた。

佐倉は、桐野が漏らしたことを思い出した。

「派遣社員の名前はジョージ・馬場。日系人か?」

(松岡代表殺人事件は、馬場がロシア人と共謀したことなのか。動機は何か。金か。しかし、金をどこにも要求せずに殺害している。拷問のようなことまでして、何が目的であったのか。関七ユニオンバンクが草風建設のメーンバンクということは、やはり、桐野の言うように草風建設は何らかの形で事件に関与しているのか。まだ、特捜本部はそこまで考えていないようだが……)

「馬場は草風建設で運転手をしているらしい」

(草風建設といえば、草葉相談役はうちの先生の有力なスポンサーではないか。息子の貞義に一度聞いてみるか。彼とは資金集めのパーティーで何度も会っているし、世間話もした。そう

いえば昨年の秋頃、草風建設から草風ビルメンテナンスに移ったと挨拶状が来ていたが）
佐倉は、早速番号案内で調べて電話を入れた。

草風ビルメンテナンスが入居する雑居ビル近くの喫茶店で二人は会った。

「突然押しかけて申し訳ありません」

「全くお気になさることはありませんよ。余程大事なお話ですか？」

「少しばかりお尋ねしたいことがありまして……」

「電話では話せないとのことでしたが」

「デリケートなものですから、直接お会いしたほうがよいと思いまして。ところで、挨拶状を昨年受け取りましたが、草風建設の社長になられるとばかり思っていました」

「そのことでしたら、すでにマスコミで伝えられているとおりです。業績不振に対する経営責任です」

「………」

「このことを話すために、わざわざ来られたのですか？」

草葉貞義はわざと怪訝な顔を佐倉に向け、マイルドセブンに火を点けた。

「いえ、実は別のことで」

「何でしょう」

「草風建設にいる派遣社員のジョージ・馬場さんをご存じですか？　運転手をしているということですが」


「馬場のことを調べに来た者がおります」

「誰だ」

「佐倉次郎、三雲勝也代議士の私設秘書です」

「…………」

（あの男か。これまで三雲先生の使いで、何度も会ったことがある）

「馬場は普段どういうことをしているのか、関七ユニオンバンクと何らかの関係があるのではないか、そのような質問を受けました」

「どのように答えた？」

「相談役の運転手であること、そして関七との関係については全く知らないと」

「反応は？」

「草風建設が馬場に脅迫されているのではないかと……」

「どういうことだ」

「馬場が松岡代表殺害に何らかの形で関わっており、関七と草風建設の弱みを握っているのではないかと。そのような口振りでした」

「しかし、どうしてその佐倉が馬場のことを知りたがるのだ？」

「それについては濁しておりました。しかし、大物政治家の秘書のせいか、何らかの捜査の情報源は持っているようです」

「………」

「特捜本部は、新潟の丸潟組に捜査の重点を置いているそうですが」

佐倉は、不用意にも捜査情報を漏らしていた。

「わかった」

受話器を置くと、草葉貞宗は思案した。

（よりによって三雲先生の秘書が余計なことに関心を持ち出したか。どうするか）

二十一

丸目亮を見舞った二日後、地元・仙台に帰る三雲副総裁を東京駅まで見送った佐倉は、JR有楽町駅前の映画館に入り、ビールを片手に久し振りのささやかな解放感を味わった。

最終上映が終ったのは午後十時前であった。外に出るとかなり冷え込んでおり、そのせいか、週末のわりに人通りは少なかった。

佐倉は銀座五丁目のトンカツ屋で夕食を済ませると、新橋方面に並木通りをゆっくりと歩いた。食欲の充足とアルコールによる大脳の緊張の緩和は、ある種の幸福感・満足感を人に与える。脳内に幸福ホルモンが分泌しているからであろう。

佐倉はふと前を見ると、街灯の明りで新聞を読んでいるブルゾンを着た男に気付いた。大きなマスクをしているが、インフルエンザが流行っているので不自然ではない。

（しかし、何か変だ）

危険予知と同時に血管運動神経が働いた。佐倉の血管は拡張し、血液が一度に多量に心臓に送り込まれ、鼓動が早くなりだした。

(殺気は感じられないが、なぜか場違いだ)

マスクをしているので人相や表情はわからない。髪は少し染めているようだ。佐倉はコートのポケットから両手を出し、男から少し離れるようにして、やや速度を上げた。男の前を通り過ぎた。男は先程からピクリとも動かないが、それが一層不自然さを増幅させていた。

佐倉は何気なく体を少しだけ前かがみにした。すると後頭部に殺気のような風圧を感じ、さらに無意識に体全体を大きく一気に下げた。頭上を風が切り、背中に何かが擦《こす》れるのを感じた。顔を上げると、あのブルゾンの男が宙を飛んでいた。男は背後から佐倉の首を狙ったが、突然かわされたので、惰力で前方に飛び越え一回転して佐倉の方を向いた。

佐倉は目を見開いて男を見た。男は全身から異様な殺気を発していた。佐倉の脳は極度に緊張し、反射的に副腎皮質ホルモン(ストレスの抵抗を強めるホルモン)やアドレナリン(全身を緊張させるホルモン)が、副腎から多量に分泌された。佐倉の視界は急速に狭まり、網膜には男の像がぼんやりとしか映らず、周囲の雑音も入らなくなった。先程までの胸の高鳴る鼓動は聞こえない。佐倉には心臓が止まっているかのように思えた。

男の実力が佐倉より上であることは、対峙すれば一瞬にわかる。男は無言でゆっくりと間合いをはかりながら、佐倉に近づいた。佐倉は下がろうとするが、なぜか体が思うように動かない。足が地についていないかのようであった。

突然、男は右の回し蹴りを佐倉の左側頭部をめがけて放った。佐倉はどうにか尻餅をつく形でかわしたが、猛烈な勢いで振り回されてきた丸太のような脚は見えていなかった。

佐倉はすぐに起き上がった。男と向き合う間もなく、男はすぐに右ストレートを顔面に放ってきた。佐倉は左腕で上段受けをするが、相手のパワーに押されて男の拳が左頰骨に当たり、鈍い音と振動が顔面に響いた。痛みは感じなかった。興奮で感覚神経がブロックされているのであろう。男のストレートパンチは速く、衝撃力は大きかった。


すべての打撃技は、「突き型」と「打ち型」の二つに大別され、さらにその間に「中間型」がある。「突き型」の技は、ボクシングのストレートパンチや空手の逆突き、横蹴りなどがあり、「打ち型」の技としては、空手の手刀、回し蹴りなどがある。「中間型」の技は、ひじ打ち、フックなどである。

「突き型」は、衝撃力は大きくないが、力が加わっている時間が長いため「重く」、胴体への攻撃に適する。「打ち型」は、力が加わっている時間が短いので重くはないが、衝撃力が大きいので「鋭く」、頭部への攻撃に適する。


遠巻きに集まった通行人が騒ぎ出し、それを見て男は走り去った。佐倉は、男と二人だけの世界の状態から、次第に周りの人垣が目に映り、周囲の雑音が耳に入り始めた。そして、左頬骨が急速に瘤状に膨らみだしたのに気付いた。

佐倉は路上でタクシーを拾い、世田谷のマンションに戻った。

部屋に入るとそれまでの緊張が緩み、一気に疲れを感じた。どのようにして帰ったのか、その確かな記憶はなかった。土で汚れたコートを椅子に掛け、トイレに入った。血尿と見間違うような茶褐色の尿が多量に出た。

（心身ともに、かなりダメージがあるようだ）

洗面所で鏡を覗くと、左頬骨の瘤は大きく膨らみ、内出血で変色していた。瘤の先端は少し切れているが、血は固まり痛みもない。目は落ち窪み、肌の張りはなく老けこんでいた。

（かなりひどいな）

部屋の暖房のスイッチを入れ、上着を脱いでネクタイを外し、大きく深呼吸をした。傷口を水で洗いアルコールで消毒をするが、染み入る痛みはない。冷蔵庫から多種類ビタミン含有ジュースのペットボトルを取り出し、五〇〇ミリリットルを一気にラッパ飲みした。

「ホォッー」

飲み干すと大きく息をついた。水は元気をつけるという。まさに力水である。佐倉は、脱水状態にあった細胞の隅々まで水分が行き渡るのを感じた。ジュースの糖分が脳に栄養補給したのが効いたのか、ようやく落ち着きを取り戻すと疑問が湧いてきた。

(あれは喧嘩を売ってきたのではない。俺を確実に狙ってきたものだ。なぜだ)

左腕がズキズキしだした。内出血と炎症で瘤状に大きく腫れて変色していた。

(あの男は、只者ではない。しかし、よく凌いだものだ)


大脳皮質には抑制作用があって、通常は動作をコントロールしている。そこに、異常に強い興奮を受ければその抑制がとれて、平素には出ない力が発揮される。催眠術でもその抑制がとれることがある。「火事場のばか力」というが、佐倉の場合、その抑制作用がうまく働き、実力以上の力を出し、かろうじて男の攻撃を凌ぐことができた。


佐倉は左頬と左腕に湿布をした。鏡に映った顔は痛々しく正視できない。

(しかし、どうして狙われたのか)

佐倉の頭からその考えが離れなかった。

(体がだるい)

興奮が冷めてくるにつれ、思考力は急速に消失した。

(少し横になりたい)

睡眠は、脳内の生物時計に管理されたものと脳がどれだけ必要としているかで、その質と量は決まる。
佐倉の脳が受けたストレスは、かなりなものであった。やがて、強い睡魔に襲われた。

二十二

二十一世紀東洋戦略研究所は、千代田区富士見の雑居ビルにある。

所長の末堂毅は、昭和十七（一九四二）年、ミッドウェー海戦の行われた六月に広島県呉市で生れた。父・哲夫は、三万五千人が働く呉海軍工廠の熟練板金工で、海兵以上に海軍と艦を愛していた。

昭和十二（一九三七）年十一月、「一号艦」が起工され、四年後、「戦艦大和」は誕生した。戦艦から潜水艦、大砲、砲弾、魚雷まで造る巨大工廠の北東にあるその大型ドッグは、「軍機工場」に指定され、四分の一ほどに屋根がかけられていた。建造は秘密厳守が徹底された。作業員は厳選され、船殻関係では最初に選んだ約千人を代えることはなかった。彼らは、たとえ提督といえども例外でなく、真鍮製のバッジを胸に付けなければ工場に入場できない。そのバッジは色で出入り場所を区分され、さらに各自の顔写真が焼き付けられていた。六十数年前のＩＤカードである。

作業員達は選ばれた誇りと使命感から、相次ぐ残業も当然のこととして受け入れ、士気は高かった。末堂哲夫もその中の一人であった。

大正末期、大日本帝国海軍は世界第三位の実力であったが、昭和十六（一九四一）年の太平洋戦争開戦時には、世界第二位の座をイギリスと競うまでの海軍力を有していた。しかし、誰もが天下無敵と信じていた栄光の連合艦隊は、昭和二十（一九四五）年八月、壊滅に至るまでの惨敗を喫した。四百十隻が沈み、四十万余名が水漬《みづ》く屍となった。

戦後、末堂哲夫は地元の民間造船会社に就職し、漁船から艦船まで多くの建造に携わった。その環境の中で育った末堂毅が、自衛隊に進むことは必然であった。高校卒業後、末堂は陸上自衛隊に入隊した。そして、第十三師団司令部のある海田駐屯地ではなく、香川県の善通寺駐屯地に配属された。

明治政府は、日本各地の要所に師団と軍港を設けたが、それらは国防（国益）を第一に考えた絶妙の配置であった。地域利益最優先の現代は、地域利益に名を借りた地域エゴがいびつに本来の目的を変えている。国家のために私を滅したことへの猛省が「公（パブリック）」までもないがしろにし、極端なまでに個人尊重の自分主義に傾き、損得を第一の判断基準にする風潮を生んだ。

香川県善通寺市は、明治三十一（一八九八）年、第十一師団司令部が置かれた所である。師団は、司令部・経理・衛生の各機関を備えた「制度に基づいた編制部隊」で、戦略単位とされた。司令部は、陸軍省と参謀本部の出先機関としての能力を有している。

第十一師団は、日露戦争において、第一師団とともに乃木希典大将を軍司令官とする第三軍の基幹師団（後に第九師団・第七師団が増加された）であった。日清戦争では、わずか一日で攻略した旅順に、ロシア軍は七年間で大要塞を構築していた。その旅順要塞攻撃では、機関銃の雨のような弾丸に向かって歩兵による密集団の銃剣突撃を繰り返し、屍山血河を築いた。兵士達は上官の命令に忠実に従い、ほとんど黙々と機械的に集団死を遂げた。五カ月余にわたる攻城戦は、日本軍に死傷五万九千四百八人、ロシア軍に一万二千余の損害をもたらす壮烈悲惨なものとなった。

日露戦争が大勝利（と国民は信じていたが、実際の国力は、これ以上の戦争遂行能力はなかった）に終ると、その敢闘精神のみが美化・強調され、以後、近代戦への対応がされることはなかった。

日露戦争では、編制・装備・戦法においてロシア軍よりも勝っていた世界でも一流の日本陸軍は、第一次大戦後には二流の陸軍に転落し、太平洋戦争でも銃剣突撃が繰り返された。

これまで地味で目立つことのなかった末堂は、その優れた身体能力と強靭な精神力が上官に認められ、富士学校（静岡県）に入学を推薦された。富士学校には、普通科・特科・機甲科がある。末堂は、当時密かに試験的に設置されたレインジャー（ranger）科の特別生となった。人間誰でも、「人から認められること」ほど励みになることはない。社会の中で自分の存在が確認でき、生きる勇気も出てくる。それまでの苦労が、苦労でなくなる。

そこは末堂にとって、本人の気付かない、眠った能力を開花させる運命の場所であった。自分の潜在能力に驚き、さらに自信を持った末堂の成績は他を圧倒した。二年後、精強なレインジャー科の教官助手となった。

一九七二年十二月初め、末堂が教官の時、科長に突然呼ばれ、校長室に行くように命じられた。校長と直接一人での対面は初めてのことである。ドア前で制服を何度も点検し、緊張して部屋に入った。校長は詳しい説明をすることもなく、三週間の特別研修を命じた。

一時間後、私服姿の末堂は着替えを詰めたバッグを持って東京に向かった。東京駅丸の内北口の改札口近くで、迎えの男と落ち合った。自然と発する雰囲気で、お互いをすぐに認知した。タクシーで皇居を何度か周回した後、別のタクシーに乗り換え、静かな住宅街に入った。タクシーから降りて人気の少ない道を五分ほど歩いていると黒塗りのセダンが二人に近づき、後部ドアが開いた。後部座席には見るからに将官クラスと思われる人物が座っているが、やはり制服は着ていない。迎えの男は同乗しなかった。

横田基地は米空軍の管轄下にあり、在日米軍司令部と第五空軍司令部がある。セダンは南側の第十八ゲートから入った。SP（現在のSF＝Security Force 空軍憲兵隊）が警備する格納庫に隣接した窓のない倉庫のような建物の一室で、恰幅のよい米軍高官が待っていた。

末堂を乗せてグアムに向けて飛び立ったC130輸送機は、途中で進路を沖縄に変えた。機内で米国陸軍の迷彩服に着替えさせられた。

嘉手納基地は東京都品川区に匹敵する広大な敷地を有する。その嘉手納基地からはUH‐1ヘリに乗り、沖縄本島北部の海兵隊訓練場に向かった。そこにはグリーンベレー（Green Beret）の大隊本部があるが、隊員の四分の三以上が南ベトナムに行っており、今は百名ほどしか駐留していない。大隊本部も近々移動するようであった。

大隊本部から数キロ離れたテントが数個並ぶキャンプ地に、ヘリは着陸した。そこは他から完全に隔離されていた。そこには中国系アメリカ人だけで編成された分隊があり、末堂はその一員になった。

すぐに分隊長によるブリーフィング（briefing）が始まった。英語は全くわからなかったが、その場の空気からただならぬものを感じた。

（これは研修や訓練などではない）

末堂は鳥肌が立ち、武者震いをした。

外部との連絡は、横田基地を発った時からすでに遮断されていた。キャンプ地の周囲は、武装した海兵隊員が警備を担っていた。

（ここからの逃亡は死を意味する。キャンプ地のどこかに埋められ、闇に葬り去られる）

末堂は、そう悟った。

三日間の基礎訓練後、突然、ある小型貨物船にヘリで送り込まれた。それは、ソ連国旗を掲げ、ソ連船籍に擬装されていた。そこで初めて、本作戦の立案者であるＣＩＡ（Central Intelligence Agency 米国中央情報局）が登場した。船員もすべてＣＩＡに雇われていた。


グリーンベレーは第二次世界大戦中の一九四二年に設立され、ヨーロッパ戦線で活躍した。一九四四年に一旦は解散されたが、一九五二年に陸軍特殊部隊の一部としてノース・カロライナ州フォート・ブラッグ基地で再編成され、朝鮮戦争末期に出動した。

ＣＩＡは、第二次世界大戦後の一九四七年に施行された国家安全保障法で誕生した。同時に、それまでの陸軍省と海軍省が国防省に統合されたが、情報部門はそれぞれ独立しており、国防情報局（ＤＩＡ）として統括されたのは一九六一年のことである。

その一九六一年に第三十五代大統領に就任したジョン・Ｆ・ケネディは、グリーンベレーの特異性と能力に注目し、グリーンのベレー帽をユニフォームとして認めた。

ベトナム戦争では、グリーンベレーは最大三千七百名の隊員が様々な任務に就いた。予算は国防省からではなくＣＩＡから出ていた。指揮系統は通常軍の指揮官をバイパスし、一種の自治権を有していた。

置かれた状況から、末堂は覚悟を決めた。目前の訓練に没頭することにした。すると、これまで頭の中に渦巻いていた「南ベトナムのグリーンベレーの基地で、観戦武官として研修するのではないのか」、「この貨物船はどこに行こうしているのだ」、「これから何をするのだ」という様々な疑問が消えた。その意味で、末堂は「純粋な戦士」であった。

船上でも訓練は厳しく、末堂は毎日、他隊員が行う倍の千発以上の実射をした。陸上自衛隊普通科部隊の年間平均実弾射撃数は六十～八十発程度である。射撃能力だけが米兵より劣っていた。

小型貨物船は、北ベトナムのハイフォン港に向かっていた。当時のハイフォン港は、北ベトナムの軍事物資の八五パーセント、石油の一〇〇パーセントを取り扱う最重要施設である。そこは、ソ連の輸送船団や港湾労働者と物資で錯綜していた。その混乱に乗じて、末堂を含む三名が上陸した。全員、中国の偽造パスポートと身分証明書を持っていた。武器は竹製のナイフを各自二本のみである。

現地のベトナム人協力者と密かに会い、四人はリヤカーで約一〇〇キロ離れたハノイに向かった。直線距離で東京から沼津まである。幹線道路の主要な橋は、ほとんど爆撃で破壊されていたが、すぐに応急の仮設橋が架けられており、人や自転車は通行できた。検問では中国の身分証明書がよく効いた。
三日後、四人はハノイに到着した。

ハノイに構築された第二次大戦時のベルリン以上の強固な対空火器網とソ連から供与された対空ミサイル網は、飛来する米軍機を多く撃墜させていた。さすがに物量を誇る米軍も、人的・物的消耗に強い焦りを感じていた。

その日、米海軍と空軍は、ハノイの周囲一〇マイル（一六キロ）とハイフォン港の周囲五マイル（八キロ）に、夜半からこれまでで最大規模の空襲をかけた。F-4戦闘爆撃機とB52戦略爆撃機が参加した。

北爆は、ジョンソン政権時代の一九六五年から六八年十月まで続けられ、その後、一時停止されていた。一九六九年一月、ニクソン政権になってからもしばらく停止されていたが、一九七二年五月から八月まで再開された。

八月の北爆停止後、これまでパリで行われていたアメリカと北ベトナムの秘密交渉は、急速に進展した。しかし、再び頓挫したため、十二月に北爆とハイフォン港の機雷封鎖が再開された。

八時間に及ぶ猛爆撃は、要人の拉致をしばらく周囲に気付かせなかった。要人は、リヤカーの荷の下に麻酔で眠らされていた。

猛爆撃は三日間続いた。

小型貨物船がハイフォン港を出港した頃、軍と警察の本格的な要人捜索が始まっていた。小型貨物船は、トンキン湾の海南島沖一五〇キロで自沈した。全員が自沈前に国籍不明の漁船に乗り換えていた。

一九七三年一月八日、秘密交渉が再開され、一月二十三日、和平協定が締結された。この秘密交渉再開の条件として、あの要人の解放も含まれていた。

末堂はその作戦終了後、秘密保持のためすぐには帰国できず、米国フィラデルフィア州にある陸軍大学（The U.S. Army War College）に入学させられた。すでに三週間の研修期間は、一年間に延長されていた。


末堂は、日曜日でも早朝の軽いジョギングは欠かさない。

いつもと様子がどこか違うということは、何となくわかるものである。薄暗い中、前方に自転車を停めて荒川をぼんやりと眺めている男がいた。

（不自然だ）

その側を走り過ぎると、黒い影が二つ並んで近づいて来るのが遠くに見えた。距離が徐々に狭まって相手の輪郭がはっきりしてくると、そこに末堂は殺気を感じた。後方からは、自転車の走る音がかすかにした。

前方の大柄な男二人が、堤防の道路を塞ぐように立ち止まった。末堂は歩速に落とすと、後方でブレーキの音がした。

(挟まれたか)

前方の一人がゆっくりと近づいて来たので、末堂は歩くことを止めた。

「何か私に用かね?」

末堂が声をかけた時、突然、矢部は右のローキックを放った。末堂は咄嗟に避けようと下がったが、矢部の足は予想以上に伸びてきた。左太腿に激痛があり、末堂の顔が苦痛で一瞬歪んだ。それを見て近づいた矢部に、末堂はすばやく胸に一撃を与えた。

「ウゥゥ!」

油断していた矢部はわずかに悲鳴をあげ、苦悶の表情で胸を押さえて膝を崩した。すぐに後方から山根が殴りかかろうとしたが、

「ギャー」

悲鳴をあげ、顔を手で押さえた。左頬が二センチほどえぐられ、押さえた手の指の間からは鮮血が流れていた。さらに視界に人影が入ったので末堂が身構えようとした時、右手に衝撃を受け、握っていたキーが弾き飛ばされた。末堂は、人差し指と中指のつけ根から、五ミリほどキーの先端を出して武器としていた。

「なかなかやるなぁ」

雲間からの朝陽がその男の顔を照らした。

「クレージードラゴンか」

末堂は男の顔を見て言った。

「……俺を知っているのか?」

「あぁ……」

いつの間にか、末堂の左手にレミントン・ダブル・デリンジャーが握られていた。デリンジャーは、袖口や足首などに隠すことができる小型拳銃である。第十六代アメリカ大統領エイブラハム・リンカーンは、一八六五年、フォード劇場においてデリンジャーで暗殺された。

「鮮やかだろう。マジシャンから教わった」

「それは銃刀法違反ではないのか」

玉城は落ち着いていた。

「さらに殺人未遂も加わるか」

末堂は銃口を玉城の胸に定めた。相手が単なる威嚇か、そうでないかは直感でわかる。玉城は、門下生に顎で引き揚げの合図をした。

「申し訳ありません。今日は失敗しました」

玉城は仙台に電話をした。

「どういうことだ」

「小型拳銃を隠し持っておりましたので……」

「奴はそんなものを持ち歩いているのか」

「それに、私の顔を知っておりました」

「何だと！　……しかし、まずいなぁ。わしがお前のスポンサーであることぐらい、末堂は当然知っているだろう」

「二、三日中にかたをつけます」

「いや、もうよい。すぐに仙台に戻れ」

二十三

「どうした、その顔は？」

月曜日の朝、新幹線「やまびこ」から降りた三雲は、迎えに来た佐倉の顔を見て言った。幸いなことに、土曜、日曜日は一日中休養することができた。冷やしていたのでかなり頬の腫れはひいているが、変色から一目でそれとわかる。

「突然、暴漢に襲われました」

第一秘書の肩にかけた鞄を受け取った後、佐倉は歩きながら三雲の耳に小さな声で答えた。すぐ後ろにはＳＰが一人付き添っていた。

「通り魔か？」

「いえ、あれは私を狙ってのことだと思います」

「何か狙われる理由でもあるのか？」

「見当もつきません」

「警察には？」

「この程度では……」

「その暴漢に心当たりはあるのか？」

「全くありません。顔をマスクで隠していました」

実のところは、佐倉は興奮から、目の色など詳しい観察はできていなかった。

「その筋の者か？」

三雲は声をさらに低くして聞いた。

「そのような匂いはなかったです。それに……」

佐倉は三雲の耳に顔を近づけてさらに話を続けた。

「ヤクザならドスか拳銃か、それなりのモノを使うはずです。奴は自信があったのでしょう。素手で私を殺そうとしてきました。そう、殺意をはっきりと感じました」


「急に呼び出してすまない」

末堂は、少し足を引きずりながら応接間に入って来た。右手の甲には包帯を巻いている。

「どうされたのですか？」

入来は末堂の様子に驚いた。入来智輔は、二十一世紀東洋戦略研究所の副所長で、末堂の片腕である。

「まぁ、座りなさい」

末堂は、顔色を変えている入来に勧めた。

「単なる打撲だ。心配することはない。家内に消炎剤で手当てをしてもらったが、このようなことは結婚をして初めてのことだ」

末堂は苦笑いをした。

「昨日のジョギング中、玉城に襲われた」

「すぐに玉城を始末しましょう」

入来は即答した。入来も当然のことながら玉城を知っている。

「いや、やめておけ、こんなことで。恐らく三雲の指図であろう」

「しかし、どうして三雲先生が所長を襲うことなど……」

「あの情報漏れの件だ。あれで三雲を追及した。有森の始末は少しやり過ぎだったが、その報復の意味もあったのだろう。玉城を使うとは、三雲も相当焦っているようだ。私が奴を知らないとでも思っていたのか」

「……」

「私の骨を二、三本折って、三日後の臨時総会を欠席させる魂胆だったのだろう」

「当分の間、こちらに警護の者を詰めさせます」

「まさか、この家までは襲って来ないだろう。それに、詰める部屋もないしな」

末堂は笑った。

「近くに車で待機させます」

「それはもうよい。ところで、話したいことがある。私が米国陸軍大学に一年間留学していたことは知っていると思うが、その前に『秘密観戦武官』として、ある所に派遣されていた。数週間のことだがね」

末堂は、ハノイでの工作については触れなかった。


あの時、わずかな手違いがあった。

末堂は、ラオス国境近くのグリーンベレーの基地で、「秘密観戦武官」として二週間滞在する手筈であった。しかし、工作隊員を収容して慌しく飛び立ったヘリに、末堂は間違って乗せられた。CIAの指揮官が突然現れて作戦命令を出した混乱、戦時下での興奮と言葉の壁がその主な原因であるが、二十分後、東洋人の顔の見分けがつかなかった指揮官が気付いた時には、ヘリはすでに海上にあった。作戦はそのまま決行された。末堂の顔が、偽造パスポートと身分証明書の写真に少しばかり似ていたので代役となった。

「帰国すると防衛研修所に配属された。一種の隔離だ。デスクワークは苦手だから現場への転属を強く願い出ていたところ、一年後、習志野の第一空挺団に配属された。しばらくして、アメリカ大使館への招待状が官房に届いた。理由は明記されていなかった。担当係官は相当慌てたようだ。当然、私もだが」

末堂は少し笑った。

（普段あまり笑わない人が、今日はどうしたことだ。これから何を話そうとされるのか）

入来は内心訝った。

「私は大使館に一人で行った。すぐに大使公邸に案内された。そして、大使夫人を交えて、三人で夕食をした。普段のメニューに少し工夫をした夫人手作りのもので、温かい真心がこもっていた。二人はとても私に気を使ってくれた。それが肌に伝わってくる。それだけに、私は食事も喉に通らないほど緊張していた。無理に飲み込んだものだ。一年間留学のお陰で英会話はある程度できたので、次第に話が弾むようになり、私の緊張も徐々にとれてきた。私が一番知りたかったのは、私を招待した理由である。大使は、『お礼です』としか言わない。私には何のことかわからなかった。

二時間後、二人は玄関まで見送ってくれた。大使が別れ際に私の目を見て言った。『あなたのお陰で、北ベトナムに捕虜になっていた息子が助かった』と。夫人は涙ぐんで私の手を両手で包んだ。子息は海軍のパイロットであった。設備の整った病院で手術を受ける必要があったのだ。私達の行った『あること』の成功で、捕虜交換が成立したらしい。ある程度の察しはついていると思うが、君にもその内容をこれ以上話すことはできない。

ポーチには車が待機していた。乗り込む前に、私は二人に心を込めて最高の敬礼をした。なぜか涙が止まらなかった。日本では誰も知らない『あのこと』を、思いもかけず感謝をされ、非常に感激した。あれから親米になった」

末堂の目が少し潤んでいた。

末堂の陸上幕僚長時代、大規模な日米合同演習、第一空挺団の米本土演習場への派遣、幹部の交換留学など活発な人的交流を行った。そのため、マスコミや野党からしばしば批判を受けることになり、統合幕僚会議議長の椅子を逃した。

長女の美幸がお茶を持ってきたので、その間、末堂は話を中断した。美幸を見るその顔は、優しい柔和な父親のものであった。

「翌年、防衛局に配属され、防衛局長の秘書官に任命された。局長室に入り、局長の顔を初めて見た時、初の『秘密観戦武官』となる私を、横田基地まで見送ってくれた高官を思い出した。局長は、当然私のことをよく知っている。しかし、あの時のことはお互い一切触れなかった。触れてはいけないと思った。一カ月後のある日曜日、小田原に局長のお供をすることになった。そこは、政界から引退した〝昭和の魔人〟の屋敷であった。三千坪の広大な敷地だ。かつては明治の元勲の別荘だったところで、孤老庵と呼ばれていたらしい。庵といっても、一万坪はあったそうだ。そこで初めて〝魔人〟と会った。〝魔人〟と言われる所以が、その時わかった。

高齢だが強いオーラを発していた。レインジャー隊員として危険なことには慣れていたが、なぜか恐ろしさを感じた。

〝魔人〟はゆっくりと話し始めた」

フランシス・ベーコン（英、哲学者・政治家、一五六一～一六二六年）は、人間は一般的に知的偏見を無意識のうちに受け継いでおり、そのことが考えを惑わせがちであると指摘した。その偏見を偶像と呼び、「劇場の偶像」「種族の偶像」「市場の偶像」「洞窟の偶像」の四つに分類した。

「洞窟の偶像」とは、人間はそれぞれ固有の気質と成長時の環境の違いによって、個人個人に固有な誤りや偏見を持つことである。このため、自分の洞窟からものごとを見る習慣を持ちやすい。「これを征服するには、集団的な経験や観察の助けをかりなければならない」、とベーコンは言っている。

〝魔人〟は、末堂を「洞窟」から引きずり出した。

「そして、私はその話に感動した。『私心を捨て、死を恐れず、国を憂う』、その崇高な気持ちに感動したのだ。それからだ、真の日本再生のための活動を始めることになったのは。『日米関係を重視して、日本を再生する』、それが国豊会の基本理念だった。例の開発プロジェクトが始まった昨年からは、それが『日本国益を第一とする、日本の再生』に変わったが、国益第一は当然のこと。これまでは、アメリカに隷属し過ぎていた。その独立の第一歩となるプロジェクトが、こうも簡単に挫折の淵にあるとは情けない」

末堂は入来を見て言った。

「〝あの方〟の憤りは強い。三日後の臨時総会では、今回の一連の責任を取って辞任するつもりだ。後は君に託したい」

二十四

「その後、例のプランはどうなっておる？」

「関七ユニオンバンクの内部は、例の事件後、かなり混乱したようですが、後任の柏木代表は松岡路線を引き継いでおります」

「組織がしっかりしていると立ち直りも早いようだな」

「七つの寄せ集めにしてはたいしたものです。まあ、非常時にはどのような組織でも、一時的にせよ団結力は強くなるものです」

「それは厳しい見方ですな。しかし、松岡代表は気の毒だった。主犯と思われるロシア人は鴉丸組に殺害されたが、共犯者はどこに逃げているのやら」

「私も新聞情報以外はよく知りませんので」

「だが、なぜ襲われたかがよくわからん。りっぱな銀行家だった」

「そのことは警察にまかせましょう。ところで、今月末の臨時株主総会で、ミュンスターから代表取締役副社長が就任する予定です」

「ドイツの企業は堅実のようだが」


資本主義を英米の「アングロサクソン型」とドイツを中心とする「ライン型」に大別した時、日本企業の運営はドイツに近い。一九八〇年代前半は、「ライン型」が「アングロサクソン型」に勝ると評価されていたが、九〇年代以降は、米国型の市場原理主義がニューエコノミーとして一人勝ちをした。しかし今日、株価万能主義の拡大路線と巨額の報酬を競った貪欲な経営者の暴走から、米国型の欠点が露呈した。どちらが優れているかではない。各時代に合ったモデルが優れていたにすぎない。今の時代に合うように、それぞれの長所を取り入れたニューモデルが必要とされる。


「今回の提携は成功するものと確信しております」

「しかし、よくあの銀行がここまでやってくれたな」

「やはり、先生の後ろ盾が効いています」

「そうか」

三雲は上機嫌に笑った。

「さすがのシュルツ頭取も、次期総理の先生が私の後見人であると知っているからこそ、この話にのってくれました」

「草葉さんとは長い付き合いだからな」

「あの別荘購入がすべての始まりです。あの時、先生のお力がなければ、とてもあれを手に入れることはできませんでした」

「蔵相をしていた時のことだな。いい別荘だった。しかし、あれは私よりも、オーストリア中央銀行総裁のお陰だ。彼の口添えがなければ到底無理だったな」

「あれからダッハシュタインと付き合いが始まりました。秘密口座を設け、毎年の投資でかなり利益を得ました」

「利益の一部を回してもらったおかげで、いろいろと助かった」

「日本への送金には苦労しました」

「私の外遊の時は楽だったな」

「これも度々大きな仕事をさせてもらったお礼です」

「だから、おたくに潰れてもらっては困るのですよ。しかし、よく巨額の私財を出される決断をされた。これが日本でなら大評判になるところですよ」

「海外口座に大金があるとわかれば、大評判どころか大問題となります」

「それもそうだな」

「これだけの金を秘密裏に日本に移すことはできません。今回、秘密口座の金八十数億円は、すべて草風建設に対するミュンスターの第三者割当増資の資金に変貌しました。この方法しかありません」

「さらに、自己保有の五百万株も担保にしているとか」

「毎年百万株ずつ、提携発表前日の株価が基準単価ですので、五十八円の二五パーセント増しの七十二円五十銭で五年間シュミット商会に売却するのですが、この十年間、四十円プラスマイナス十円という相場でしたから、今後、株価が大きく上がったとしても、これはしかたがありません。それに五百万株が私からなくなっても、実質の筆頭株主は私ですから」

「あなたはスケールが大きい」

「私にとって、草風建設は我が子も同様です。潰すわけにはいきません」

梁瀬幸太郎には「記者魂」が残っていた。あの日、三雲から注意を受けると、つい反発心が起きた。

梁瀬は、有森教授の突然死について、精力的に取材を続けていた。

二十五

自宅マンション近くの路上に停車しているベンツを見て、佐倉は一瞬胸騒ぎを覚えた。車に近づいた時、助手席から若い男が出て佐倉に少し頭を下げた。

「お時間を少し頂けますか」

風体に似合わず、丁寧な言葉であった。

後部ドアのウインドーガラスが下がると、いかつい男の顔が見えた。

「しばらくだな。どうした、その顔は?」

鴉丸組若頭・村瀬重秋がドスのきいた声をかけた。

「先週、暴漢に襲われました」

佐倉は少し会釈をしてから答えた。

「まあ、入れ」

佐倉はコートを脱いで中に入り、村瀬と並んだ。車内はゆったりと広く、暖房がよく利いていた。

「相手は誰だ?」

「わかりません。しかし、かなり腕の立つ男です」

「襲われる理由でもあるのか?」

「いえ、ところで何か私にご用でも?」

「一つ、頼みたいことがある」

「そのためにずっとここで?」

「いや、先程来たところだ」

「随分とタイミングがいいですね」

「事務所を出たと連絡が入った」

「誰かが私を見張っていたということですね」

「会う必要ができたからだ。電話では無理な用件だ」

村瀬はタバコを取り出して一服吸った。

佐倉の顔からは汗が流れ出ていた。暖房のせいばかりではない。村瀬の横に座っているだけで、底知れぬ重圧を受ける。佐倉が学生の頃、丸目に誘われて剣道の試合をしたことがあったが、怖くて打ち込みはできなかった。

「サムソノフには仲間がいた」

「松岡代表殺害犯の共犯者ですね」

「共犯かどうかはわからないが、仲間が一人いた。あのキャリアにそれとなくリークしてほしい。うちや丸潟組が集中的に捜査を受けて、少し困っている」

「その仲間とみられる者は？」

「沖縄の海兵隊にいた」

「それはどこからの情報ですか？」

「あるブローカーだ。そのブローカーは、サムソノフとの取引現場で一緒にいるのを見たらしい」

「元海兵隊のアメリカ人と元ＫＧＢのロシア人が繋がっているとは」

「……」

「その男の名前はわかっているのですか？」

「サムソノフは『ジョージ』と呼んでいたらしい」

「えっ！『ジョージ』、ジョージ・馬場！」

佐倉は驚きの声を上げた。

「奴を知っているのか！」

村瀬は鋭く聞いた。

「馬場は、草風建設で派遣社員として運転手をしています」

（サムソノフの通信記録に馬場の名前があったというが、馬場は元海兵隊員なのか。この件に関与しているのは間違いない）

十分ほどして佐倉は車から出た。村瀬の内面から自然に発する圧力を一身に浴び続けたせいか、佐倉には、厳しい冷気が清涼なものに感じられた。

外でタバコを吸っていた男が佐倉に一礼して助手席に入ると、車は静かに発進した。

佐倉の部屋は、四階建てマンションの三階にある。管理人はいない。階段は外部に開放されており、誰でも部屋の前まで来ることができる。そのため、佐倉は日頃から防犯には気を付けていた。

部屋の出入り口は玄関ドアだけで、横の窓はアルミ製面格子が付いている。ベランダからの侵入は、隣人に気付かれるため無理である。ドアの鍵は、ピッキング防止のためにディスクシリンダーから「CP-C認定」のものに交換していた。しかし、その認定基準は「専門家が五分かけても開かなければ合格」というものだから、完全ではない。元々、完全な鍵などない。

佐倉は暴漢に襲われて以来、用心のためにドアの上隅に細い透明テープを貼っていた。誰かがドアを開ければテープの片方が剥がれてわかるという、映画などでよく見る簡単なものだ。

そして今、それは剥がれていた。

（朝、確かに付いていた）

もともと几帳面な性格の佐倉は、強迫性障害の傾向がある。「確認強迫」から、出かける時の電気・ガス・水道・戸締まりの確認は何度も行った。同じ確認動作を気が済むまで（安心するまで）、何度も繰り返すのである。

ゆっくりノブを回すと、鍵は掛かっていた。

（どういうことだ）

その時、階段を駆け上ってくる靴音に振り向いた。長身の男が姿を見せた。先程、村瀬の車の助手席に乗り込んだ若い男であった。

「陣屋といいます。佐倉さんの側に少しいるようにと若頭に言われました」

陣屋弘道、村瀬のボディーガードである。精悍な顔付きをしているが、よく見れば幼さが少し残っている。

「そうですか。村瀬さんの勘は鋭いというか、誰かが中にいるような気がします」

陣屋は顔色を変えると横の窓を見た。カーテンが閉まっており、室内は見えない。

「部屋の間取りはどのようになっていますか？」

陣屋は小声で聞いた。

「2Kです。入って左に浴室とトイレ、右側は洋間の書斎、奥はキッチンと右側が和室の寝室で、突き当たりがベランダです」

佐倉は、壁に指で図を描きながら小声で説明した。

「ここは書斎ということか」

陣屋は窓を見て呟いた。そして、腰から三段式伸縮型の特殊警棒を取り出した。引き伸ばすと、長さは一五センチから四〇センチになった。特殊合金製で、重さは三〇〇グラムと軽い。警察官が装備する特殊警棒の類似品である。

佐倉はキーを静かに差し込み開錠した。陣屋はノブに左手を掛け、内部の様子を窺いながらゆっくりと開け、玄関の照明を点けた。スイッチの音が大きく室内に響き、明りは奥まで届いた。

左側の浴室とトイレの扉は閉まっていた。人のいる気配はない。右側の書斎のドアも閉まっているが、奥の寝室の襖は半分ほど開いていた。人が潜んでいるのかどうかわからない。しかし、フローリングにはわずかに靴跡らしきものが浮かんでいた。

陣屋は警棒を中段に構えて、土足のまま静かにフローリングの床に上がり、ゆっくり前に進もうとした。佐倉は玄関のドアを開けて待機した。

陣屋は本能的に危険を察知しているためか、夜になってかなり冷え込んでいるにもかかわらず、顔からは汗が流れていた。

ガターン！

突然、大きな音とともに書斎のドアが勢いよく開き、陣屋は浴室のガラスドアに跳ね飛ばされた。マスクをしたブルゾンの男がファイティングナイフを構えて現れ、ドアの前にいた佐倉を襲ってきた。佐倉の喉を切り裂くように鋭くナイフが動いた。それをかろうじてかわした佐倉は、外の通路の手すりで背中を激しく打った。男の第二撃は、スプリングで自然に閉まろうとするドアが一瞬封じた。男がそれにたじろいだ時、
ドスッ！

鈍い音とともに男の右肩に激痛が走った。陣屋の警棒は、男の後頭部を狙ったつもりが気負い過ぎから右肩に外れていた。剣道の高段者でも、真剣による必死の斬り合いの時、道場で習得した技は出ず、本能的に左右の打ち込み（袈裟斬り）しか出ないという。

男は顔を歪めながら振り向いた。ガラスの破片で顔を血まみれにした陣屋は、次の攻撃に移ろうとしていた。男も反射的に腰を落としてナイフを構えた。幅が八〇センチほどの狭い廊下なので、お互いの動きは制限される。警棒を自由に振り回せないと判断した男は、鋭く突っ込んだ。陣屋の振り下ろした警棒を男は左腕で受け、陣屋の腹にナイフを突き刺した。しかし、それは陣屋の腹を庇った左腕であった。二人はともにガードした左腕を傷つけて離れた。

玄関のドアが少し開いたのに気付いた男は、挟撃されることを本能的に恐れた。咄嗟にナイフを陣屋に投げつけるや、ドアを開けようとしていた佐倉を跳ね飛ばして逃走した。男の慎重

さと一瞬のパニックは、結果として佐倉と陣屋の命を救った。この時、男は二人を殺そうと思えばできた。男の投げたナイフは陣屋の胸に突き刺さり、その戦闘能力は萎えていた。

陣屋の傷は、幸運なことに男が右肩を傷めていたので投擲《とうてき》力が弱く、浅くて済んだ。顔面と左腕の傷も、出血の激しさの割には軽いものであった。陣屋は救急車を固辞し、組事務所に携帯を入れた。

正直なところ佐倉は安堵した。救急車を呼んでいれば警察に知られ、スキャンダルとして三雲にまで及ぶことは必至だ。佐倉はそれを一番恐れた。

佐倉は、隣家にすぐに挨拶をして安心させた。普段は全く付き合いがなくても、騒ぎには当然ながら関心と不安を持つものだ。


三十分ほどして、近くに事務所を持つ系列の組員が陣屋を迎えに来た。陣屋はすでに顔から血を洗い流しキズテープを貼っているが、その顔色は血の気がない。消毒用アルコールを浸した布を左腕に巻き、胸は手で押し当てて止血をしていた。陣屋は傷を負ったそぶりも見せず、気丈に部屋から出て行った。

陣屋の交代の者が浴室の飛散したガラスの片付けをしているのを見ながら、佐倉は悩んだ。

（どうするか）

二十六

その夜、佐倉からの報告を私邸で受けた三雲は、暴力団関与のスキャンダルを恐れて激しく叱責し、無期限の謹慎処分にした。

佐倉は携帯を切った後、放心状態で椅子にもたれた。交代の組員にはすぐに帰ってもらい、一人で部屋にいた。一時間ほどの間に多くのことがあった。佐倉は無意識に左頬を撫でた。まだわずかに痺れが残っていた。三叉神経の末梢部が少し切れているので、通常の触覚はない。

(解雇にはならなかったが、これから先、先生の信頼を取り戻すことは難しいだろう。どうするか)

陣屋は迎えの組員によって、鴉丸組の息のかかった医院にすぐに運ばれた。院長の息子が暴走族のメンバーであった時、鴉丸組の準構成員が同じ仲間であったことから付き合いが始まった。院長は、この種の治療は人道上の医療行為と常に自分に言い聞かせていた。

鴉丸組はすぐに行動し、そのための襲撃班が密かに編成された。

ブルゾンの男は、地下鉄を乗り継いで部屋に戻ると、そのままベッドに横になり、しばらく考えこんだ。

(あの佐倉と一緒にいた男は誰だ。特殊な警棒を持っていたが、あの風体からはとても警察官やガードマンではないだろう)

馬場は右肩と左腕の激しい疼きから考えをやめた。鍛えあげた筋肉で保護された太い骨でなかったら砕かれていたであろう。治療を始めることにした。冷蔵庫から氷を出してタオルに包もうとした時、手がふと止まった。外の様子が気になった。部屋の蛍光灯を消して窓際に行き、カーテンの隙間から外を覗いた。数人の男達がこちらの方を見ていた。

(つけられていたのか。迂闊だった)

馬場はマンションから逃げる時、階段の下にいたチンピラ風の男とぶつかり、押し倒したのを思い出した。馬場はマンションでの興奮を引きずり、いつもの警戒を怠っていた。

(あの時の奴か)

そこに、さらに車が一台近づいて来た。

(応援か)

馬場はすぐに机上のスタンドを点けた。上着をすばやく着て、戦う態勢を整えた。先程までの激しい疼きは、戦いへの緊張からすでに消えていた。これまでの過酷な訓練は、馬場に無駄のない行動を機敏にとらせた。


「やつの部屋はどこだ?」

襲撃班のリーダーが聞いた。

「あの四階の端の部屋です」

チンピラ風の男が部屋を指した。

「先程まで照明が点いていたな」

リーダーだけに、さすがに観察が鋭い。

「寝たようです」

「マンションの玄関は開いているのか?」

「閉まっています。インターホンで開けてもらうしかありません」

「面倒だな」

「宅配を装いましょうか?」

「この時間にか。やつに宅配の手など通用はせん」

「いえ、他の住民です。怪しむでしょうが」

「よし！」

明日まで待てないとリーダーは決断した。そこに、応援の男達が合流した。

普通でない時間帯だけに住民は警戒をする。玄関をすぐには誰も開けてくれない。その間に馬場は態勢を整えた。貴重品・私物を詰めたリュックを背負い、皮手袋をはめた。衣類などは車の中のバッグにある。部屋に残されたものは、どうでもよいものばかりだ。

馬場は、かねてのシュミレーションどおり屋上に出て、マンション裏側の雨樋をつたって下に降りた。ロープによるラペリング（懸垂降下）訓練は充分すぎるほど受けていたが、体重が腕と肩にかかり、激痛のため寒風の中でも脂汗が出た。マンションの反対側は細い路地になっている。路地からマンション横の駐車場に出ることができた。

玄関付近の明りの届かない所に一人、そして駐車場に二人いるが、馬場の位置からは駐車場の二人しか見えない。馬場はその二人の方に音を立てずに進んだ。一人を背後から脾臓の辺りを拳で強打した。

「ウゥゥ……」

男はうめき声を上げて倒れた。その声に相棒が振り向いた時、顔面に掌底が入って昏倒した。

馬場は車に乗り急発進した。玄関でもたついている四人と玄関横の一人は、大声を出しながら車に立ち塞がろうとしたが、車はスピードを落とさずに突き抜けていった。

二十七

「傷の具合はどうだ?」

「大丈夫です」

湿布の臭いが車内に充満していた。

「今は鴉丸組だけだが、そのうち警察も動くだろう。サムソノフの携帯の通話記録にお前の名前があった。時間の問題だ」

「………」

「一度狂った歯車は元に戻るのが難しい。えてして、その思いや実力とは関係なく物事は進んでいくものだ」

「サムソノフに応援を頼んだのが失敗でした」

「あれから、すべての歯車が狂った」

「……」

「どうして佐倉を襲ったのだ。佐倉という代議士の秘書が、お前のことを嗅ぎ回っているから注意するように、と言っただけではないか」

「自分でも、……よくわかりません」

「頭がパニックになると、判断がつかず自己制御ができなくなる。お前を見ていると、まさに崖を転がり落ちる岩のようだ。止まることなく、最後には砕け散ることになる」

憔悴した男は、大きくため息をついた。

「日本をしばらく離れたほうがよい。できるだけ早くだ。明日にでも発ちなさい。今、用意できるのはこれしかない」

男は厚い封筒を馬場に渡した。

「落ち着いたら連絡をしなさい。すぐに必要なだけ送るから」

車内に言いようのない静寂が漂った。

しばらくして、男は静かに話し始めた。

「私が高校二年の時、アメリカに一年間留学していたが、ホームステイをしていた家のお嬢さんから、帰国の餞別にペーパーナイフをプレゼントされた」

男はジャケットの内ポケットから、シルクの布に包まれた小さなペーパーナイフを取り出した。それは、十八世紀のクラッシックデザインで、創業一七七四年、各国の王室御用達を務めているマッピン&ウェッブ製である。

「人生の節目に銀器を贈り、それを人生の友として大切に使っていく。そのことを彼女は私に教えてくれた。お前の母さんだ」

馬場は、柔らかい布の中に重い感触を手のひらに感じた。

「それは私の宝物だ」

「………」

「彼女から妊娠していると手紙が来た。国際電話も何度か来たが、その時、私はまだ高校三年生だった。若かった。目の前の楽しいことや未知な世界に心が奪われていた。後になって思えば、思いやりに欠けていた。あの頃はどうかしていた。今も悔やんでいる。『時は心の傷を癒す』というが、四半世紀経っても、『時』はまだ許してくれない。……夜中に大声を出したくなることがある。恐らく一生許してはくれないであろう」

「………」

「初めてお前から電話をもらった時は、さすがに驚いたよ」

男は馬場を見て、悲しそうに笑った。

「お前が生れた時、彼女から写真が送られてきた。ベッドで彼女はお前を抱いていた。ジョージと写真にサインがしてあった。あの時、すでにキャシーは病んでいたのだ。気が付かなかった。それを最後に手紙も電話も来なくなった。手紙を出しても返事は来ない。電話をしても、キャシーの両親は取り次がなかった。少しおかしいと思ったが、確かめようがなかった。キャシーは亡くなっていたのだ、十八歳の若さで。キャシーの両親は、私にそのことを知らせなかった。お前を育てようと決心していたようだ。私は大学に入るとすぐに渡米し、彼女の家に行った。そしてすべてを知った。泣いて詫びた。しかし、お前には会わせてもらえなかったよ」

父からの話を聞いて、ジョージ・馬場は走馬灯のように半生を思い浮かべた。

〈祖父母に大切に育てられた。グレないでハイスクールを卒業できたのも、祖父母の温かい愛情のお陰だ。海兵隊を志願した。第一、第二海兵遠征軍はアメリカ本土にある。別に希望したわけではなかったが、沖縄の第三海兵遠征軍第三海兵師団第四海兵連隊に配属された。

祖父母から遠く離れて生活をするようになり、夜にふと、両親のことを考えると急に寂しくなることがあった。それがバネになって猛訓練に耐えることができた。しかし、少し性格に陰影ができたかもしれない。

日本に来て、次第に日本人の父親を意識するようになった。日本語に興味を持ち始めたのは、その潜在意識のせいであろう。暇があればラジオを聞き、基地で働く日本人に教わった。一年後には日常会話をマスターしていた。かねてからの計画どおり、休暇で東京に行った。母親が大事にしていた手紙と写真はバッグに入れていた。二十五年前の住所に、変わらずにその家はあった。思い切ってインターホンを押した。監視カメラにぎこちない笑顔を向けた。やがて、メードが出てきた。その家に「サダヨシ」は住んでいないことを聞き、沖縄に戻った。

魔がさしたとしか言いようがない。リーコン（RECON 海兵隊武装偵察部隊）の最終テストに落ちて、ショックを受けていた時だった。精神状態が不安定な時、人は普通では考えられないことをするものだ。日本語ができたので誘われた。よく事情がのみ込めないうちに、銃の密売に荷担してしまったのだ。MP（Military Police 陸軍、海兵隊の憲兵隊）に捕まったが、罪は軽かった。

その後、除隊して名前をジョージ・馬場とした。父親の姓・草葉に似せた名前にした。これまで日系であることは秘密にしていたが、日系アメリカ人として、日本で働こうと決めた。しかし、沖縄で仕事はなかなか見つからなかった。サムソノフを知ったのはその頃だ。かつての銃の密売仲間の紹介で、金のない時だった。あれが歯車の狂い始めかもしれない。経済的に少し余裕が出ると精神的にもゆとりができた。父親を捜そうという気持ちが起こった。父親と会ったのは、除隊して一年後だった。大企業の重役をしているから、自宅の住所はすぐにわかった。電話では、最初は半信半疑だったが、母親に宛てた手紙のことを話してようやく信じてもらえた。それから、草風建設で働くようになった。正社員は無理なので派遣社員としてだったが〉

「自分を大事にして生き抜いてくれ」

草葉貞義は車から出た。

車はゆっくりと離れ、最初の角を左に曲がった。車が見えなくなると、貞義は歩いて五分ほどの自宅に戻った。

すでに午前一時になっていた。ジョージの電話から二時間ほど経っていた。子供達はすでに眠っているのか、家の中は静かであった。

(恵は起きているだろうな)

妻の恵は目を覚ましていたが、二階から下りてはこなかった。

貞義は冷え込んだ書斎に行き、暖房を入れた。


ものを考える方法に「凝視型」と「走査型」があるという。「凝視型」の人は、一つ一つの情報を、時間をかけて点検し把握を行う。「走査型」の人は、多くの情報の中を往復走査しながら、必要なものをピックアップする。ラジオなどを聞きながらでないと勉強の能率が上らないタイプの人は、「走査型」に属する。

貞義は「凝視型」であるが、CDをかけた。普段はベートーベンかバッハが多い。この時は、なぜか、ほろ苦く楽しい青春期の七十年代アメリカンポップスを聞きたかった。嫌な思い出を甦らせる静寂が恐ろしく、何かしらの音を耳に入れて、心の不安を紛らわせたかった。マイルドセブンに火を点け、しばらくジョージとのやり取りを反芻した。

「お休みのところ、突然すみません」

午前二時前である。あと五～六時間待てばよいのだが、貞義は今話したかった。今でなければ精神が持たなかった。

「何かあったのか？」

（不機嫌な声ではない。予期するものがあったのか）

それは、子供の悩みを聞こうとする親の声であった。

「先程、ジョージと別れました。日本をしばらく離れるように言いました」

「……仕方がない」

そう答えてから、貞宗は思った。

（あの時、ジョージに松岡を車で渋谷まで送らせた。勘のよいジョージは、私と松岡の関係がよくないことを、すでに感付いていた。戻って来ると事情を執拗に聞いた。少し興奮していた私は、松岡は悪党だと言った。会社を立て直そうとしているこの大事なときに、松岡は私から金をゆすり取る強盗だと言ってしまった。ばかなことを言ってしまったものだ。ジョージは非常に怒っているようであったが、その時は別段気にも止めなかった。まさか、あんなことをするとは……。何とか私を助けてやりたいという気持ちから出た焦りのせいだろうが……）

角を曲がった車は、すぐに停まった。ジョージは涙で運転ができなかった。父・貞義と別れて車を発進させた時から、目に涙があふれていた。ハンドルに伏せて、しばらく嗚咽した。

「涙は心の汗」とはよく言ったものである。涙には心のストレスを取り除くエキス（extract の略）が入っている。何ミリグラムかの涙を流した後、ジョージの心は少し軽くなっていた。

（明日、アメリカに帰ろう）

二十八

その日は春の陽気を感じさせ、コートを手に持つ人が目立った。

ＪＲ浜松町駅前近くに政治結社・維新武士団の街宣車が陣取り、その屋根上の演説台で、黒いスーツ姿の若い男が与党議員の金権腐敗を追及していた。

街宣車の後ろには四駆が一台停まっており、その助手席に座る五分刈りの男の携帯が鳴った。

「私だが、少しばかり頼みたいことがある」

いつもの依頼者の声がした。

「何でしょうか」

用件を聞いた五分刈りの男は、運転席の若い男に二言三言話すと、車を出て西方向に一人で歩いて行った。

猪狩雄治、武闘派・維新武士団の団長である。白髪の少し混じった五分刈り頭のいかつい顔に猪首、身長はあまりないが分厚い胸に少し出た腹、そして太い腕を持ち、まさに名前どおりの体形をしている。

増上寺の三門を抜けると右側にグラント松がそびえている。第十八代アメリカ大統領であったグラント将軍が、政界引退後の訪日時に植樹したものである。前方には本殿に繋がる幅の広い石段があり、境内の所々に観光客や仕事中に立ち寄ったとみえるサラリーマンが暖かい陽射しの中を散策していた。

猪狩は、本殿に入るとサングラスをとった。

本殿の内部は自然採光のためやや薄暗く、香がたち込めて静寂に包まれている。ここには、日常と違った世界が存在する。ノイズ（noise）から遮断された世界である。この場所に居るだけで心が穏やかになるのは、生理的・心理的にノイズから解放されたことが大きい。

百数十席ほどの椅子が整然と並べてあり、祈っているのか、瞑想しているのか、様々な態様であちこちに参拝者が腰かけている。そしてリフレッシュ（refresh）して出て行く。

猪狩は、正面最前列左端の椅子に腰かけ黙想した。

ガチャーン。

先程から、賽銭を投げ入れた時の大きな音が、何度も厳粛な静寂を破っていた。しばらくして、人の近づいて来る気配がした。猪狩は静かに目を開けた。

男は手に持っていたコートを二人の間の椅子に置いて腰かけた。男は少しの間無言で前方を見ていたが、やがてコートを取り膝の上にのせた。椅子には封筒が残されていた。

猪狩は小さく頷き、太い指で封筒を取った。それを横目で見た男はゆっくりと立ち上がり、本殿を出て隣接する芝ユニバーサルホテルのほうに向かった。


二階のティールームの窓際では、精悍な顔の垣内が週刊誌を読んでいた。男はさりげなく目礼をして横を通り過ぎ、少し離れた席に背を向けて座った。男がタバコを取り出した時、ウェートレスがオーダーを聞きに来た。

「レモンティー」

垣内はそれを聞いてゆっくりと立ち上がった。垣内は、ホテルを出るとタクシーに乗り、運転手に告げた。

「富士見にやってくれ」

(手配はできたようだ)

垣内は満足そうな顔をしていた。

二十九

九段南・靖国神社近くにある高級料亭・弥生は、戦前、特に昭和初期の動乱時には、帝国陸軍の将校達がよく利用した所で、今でも酒宴の余興で振りかざした日本刀で傷つけられた床柱が、当時のまま残されている。

三雲は、仲居にいつものように奥座敷に案内された。十五畳の座敷中央にある掘りごたつ式の卓上に、わずかな酒肴が並べられており、すでに三人は酒を進めていた。この席で豪華な料理が出ることはない。

三雲は部屋に入るなり、その場の異様な空気をすばやく察知した。

(わしの席はどうなっているのだ。末堂はまだ来ていないのか)

ある程度覚悟していたとはいえ、動揺を隠すため普段になく大きな声で挨拶をした。

「遅くなって申し訳ありません」

神妙な顔を向けながら、さりげなくその場の三人を鋭く観察した。

(目を合わしてこない。いつもとは違う。やはりあのことか)

三雲は、その不安を隠すようにさらに虚勢を張った。

「総理から急に電話が入りまして」

ちょっとした嘘をついて、下座の空いている席に腰を下ろした。いつもならば、三雲には上座の席が用意されていた。

〝あの方〟が床の間を背にしている。そしてその前に四人の席がある。右上席がNo.2の政務総括、左上席がNo.3の外務総括、右下席がNo.4の財務総括、左下席がNo.5の保安総括の席である。これまで、三雲の席は必ず確保されていた。しかし、今回に限っては、No.2の席に外務総括・黒柳久尚が座っていた。

黒柳久尚に華麗な閨閥はない。父・高尚は、昭和十六(一九四一)年、駐米日本大使館員としてワシントンに単身赴任していた。それは日米開戦の年で、久尚十五歳の時である。十二月七日(ワシントン時間)の国交断絶の通告が遅れて真珠湾攻撃の後になったのは、大使館員の怠慢によるという。「騙し討ち」の汚名は、今もつきまとっている。高尚はそれを内部批判したため左遷された。国益よりも外交官自身の保身と外務省の閉鎖性は、戦前からの体質である。

その父の無念さを心に秘め、久尚は外交官になった。ライン外でありながら、外務次官、駐米大使を歴任するトップエリートになったのは、国豊会の力によった。黒柳は、日本オリンピック委員会会長やプロ野球コミッショナーなどの就任要請を固辞し、外務省最高顧問として外交研修センターの特別講師をしている。

黒柳の前の席には、№4の財務総括の城之崎丙午が座っていた。城之崎は、日本産業連盟副理事長で大日本重工業社長である。

(知らぬ間に序列が変わったのか)

三人とも三雲を無視するかのように酒を飲んでいるが、三人の全神経が三雲の一挙一動に注がれていることは、三雲も肌に強く感じていた。

カリスマは、神から受けたスピリチュアルな恵みの賜物を意味する「カリス」に、ギリシア時代からの語源を持つ。そのカリスマという言葉でまさに形容される〝あの方〟は、杯を置き、初めて三雲を見た。三雲はその視線を真正面から受け止めようとしたが、その鋭い眼光に思わず視線を逸らせた。

三雲はすぐに居住まいを正した。

「有森のことについては申し訳ありませんでした。私なりの考えがあってのことだったのですが。まさか有森があのようなことを……」

三雲の声は少し震えていた。

〝あの方〟の能面のような表情に変化は見られず、先程からの不安が一気に恐怖へと膨らんだ。三雲は大きく深呼吸をして気持ちを静めた。

「不手際をお許し下さい」

三雲が頭を下げ続けたわずかな時間、重苦しい空気が流れた。

「すべて終っております」

黒柳が静かに言った。

「どういうことですか?」

顔を上げた三雲は、黒柳を睨みつけた。三雲のこれまでの「№2」としてのプライドが、自然とそうさせた。

「今回の後始末のことです、三雲さん」

横から城之崎が口を挟んだ。三雲は三人を見回した。その顔は強張っていた。

「プロジェクト漏洩の後始末です」

先程から三雲を鋭い目で見つめていた〝あの方〟が静かに言った。

「三雲君、あなたは議員辞職してください」

容疑者が死刑の判決を宣告されたように、三雲は青ざめた。顔から血の気が引いていくのを感じていた。

「末堂君は、すでに辞めてもらった。本人はこの席で辞任をするつもりであったようだが……。後任を紹介しよう、城之崎君、呼んで来なさい」

城之崎が席を立ち、隣室から姿勢のよい男を招き入れた。

〝あの方〟は饒舌である。

「君もよく知っているだろう、入来君だ」

入来智輔元陸将、元陸上幕僚次長である。入来は一礼をして、三雲の前の席に座った。

「君の後任は柚川伊織君だ。柚川先生から託されていた。いずれ私の後継者になる。そうだ、入来君、あの件はどうなった？」

「すでに手配済みです」

入来が少し頭を下げて答えた。

「何のことだ？」

小さく呟く三雲に、入来が囁いた。

「明朝にはわかります」


末堂毅は、陸上幕僚監部防衛部長在任中、極秘に対テロ特殊部隊を創設した。全国のレインジャー有資格者から選抜された者を、米国ノース・カロライナ州フォート・ブラッグ基地のＪＦＫ特殊作戦センターに短期留学させた。さらに、そこから優秀者を選び、富士学校レインジャー科内に特別小隊を編成した。その特別小隊は、度々沖縄のグリーンベレー訓練場に派遣され、実弾射撃を中心とした実戦的訓練をグリーンベレーと合同で行っていた。入来智輔は、当時、富士学校副校長であり、後に陸上幕僚次長となる。退官後は、二十一世紀東洋戦略研究所の副所長として末堂の補佐をした。

「三雲君、我々は君を総理にして新しい日本を創生したかった。君は、十年前には総理になっていてもおかしくなかった」

「………」

三雲は四十歳で初当選し四十八歳で大蔵大臣になる、異例の昇進コースを辿っていた。あと数年で総理の椅子に座るのではないかと大きく期待されていた頃、愛人とのトラブルが一部週刊誌に露見し、保安総括であった末堂毅は、特殊班を使って強欲な女を自殺に見せかけて始末した。

「……君は総理になるチャンスを逃した。あれからも、我々は君に総理になってもらいたいため、応援してきたのだが」

「申し訳ありません」

「結果がすべてです」

「………」

「明日にでも議員辞職をしたほうがよい。……武士の情けだ、黒柳君、最後の酒を注いであげなさい」

（もし、ここで席を立てばどうなるか。恐らく今夜にも命はないだろう）

三雲は少し逡巡してから、震える手で杯を持ち上げた。

三十

その日の午後九時頃、稽古を終えた玉城と事務長の宍倉は、道場二階にある事務所のソファーに座り、コンビニで買った肴で冷や酒を飲んでいた。二人とも道衣のままである。稽古後の疲れた体に酒はうまい。

酔ってはいるが、さすがに玉城はその気配を感じた。玉城は宍倉に目配せをした。宍倉がドアまで行くと、黒い人影がすりガラスに映っていた。

(入門の申込者か)

これまで幾度かあった。宍倉が軽い気持ちでノブに手をかけた時、
バァーン!

勢いよくドアは蹴られて、黒い塊が突っ込んで来た。二人は組み合ったまま後方の机に激しくぶつかって倒れた。

驚いた玉城が二人の方に進みかけたが、短軀の巨漢がその前に立ちふさがった。上背は玉城の方がかなりあるが、体重は巨漢が勝る。

「誰だ！」

玉城が怒声を上げた。玉城は巨漢を一目見て、尋常でないとみた。二人はしばらく睨み合い、相手の力を押し測った。

巨漢の横に宍倉ともみ合っていた男が並んだ。無精髭の顔と革ジャンパーに返り血を浴びていた。右手には血脂のついた短刀を握っている。宍倉は仰向けになったまま、腹と道衣を真っ赤にしてピクリとも動かない。酒に酔って油断していたとはいえ、事務長の宍倉は実戦格闘技を謳う武拳大竜館の師範代である。いとも簡単に殺《や》られた。殴り合いと殺し合いは次元が違う。勝敗を決めるのは、テクニックではなく度胸である。その差が如実に出た。

（初めての殺しではないな）

玉城は相手を「プロ」とみて覚悟を決めた。

（小技は通用しない。手加減は無用だ）

「イヤーッ！」

怒り狂った玉城は、右の蹴りを入れるかのようにしてサンダルを不精髭の男の顔面に蹴りつけた。男がサンダルを咄嗟に短刀で振り払った時、凶器のごとき玉城の飛び蹴りが男の顎に入り、男は跳ね飛ばされた。

左足にサンダルを履いての跳躍は、わずかに玉城のバランスを崩していた。玉城が男の顔面に飛び蹴りを入れたその瞬間にスキをみた巨漢は、想像もできない身軽さで飛び、玉城の首に太い腕を巻きつけた状態で床に落下した。

ドスーン！

玉城八七キロ、短軀の巨漢一一〇キロ、二人合わせて二〇〇キロ近い体重が同時に落下し、鈍い衝撃音が発《お》こった。巨漢の全体重が玉城にかかった。タイミングが合っていただけに、かなり利いた。玉城は後頭部を強打したうえ喉を締められ、軽い脳震盪から一瞬意識を失いかけた。

だが、玉城は「武人」である。死ぬまで戦い抜く闘魂を持っていた。渾身の左裏拳を本能的に放った。男の右頰の皮膚が裂かれた。利き腕の右裏拳ならば、骨に損傷を与えていたであろう。男が思わず腕を緩めた時、玉城は男を撥ね退けた。まさにスリーカウント寸前に、プロレスラーが条件反射で相手を撥ね退けるように。

両雄は再度睨み合った。玉城のダメージはひどく、呼吸を整える必要から攻めはすぐには出なかった。猪狩雄治は落ち着いていた。右頰から流れる鮮血をハンドタオルで拭うと、革ジャンパーのポケットから拳銃を取り出した。

「素手ではかなわんわ」

猪狩にためらいはなかった。

パン！パン！

的の大きい腹に連続二発。乾いた音が部屋に響いた。しかし、玉城は倒れなかった。猪狩はそれに動ぜず、銃口を玉城の頭に向けた。

「ウォー」

その時、最後の力を振り絞った玉城は、気合ともつかぬ雄叫びを上げて、猪狩に突っ込んできた。玉城はすでに死を覚悟していた。

パン！

銃弾は玉城の左手の人差し指と中指を付け根から砕いたが、右の手刀は猪狩の太い首を直撃した。通常ならば、たとえ猪狩の太く頑丈な首であっても折られているところであった。しかし、本来の威力はないうえ、ジャンパーの襟が衝撃を吸収した。玉城が猪狩に圧し掛かる形で二人は床に倒れたが、猪狩は拳銃を放さなかった。すぐさま猪狩は銃口を玉城の左側頭部に向け、とどめの銃弾を撃ち込んだ。

パン！

脳漿の混じった返り血が、猪狩の顔に降りかかった。

戦いが終り、部屋は急に不気味な静けさになった。死の静けさといえた。猪狩は数秒間、放心状態で床に倒れたまま動けなかった。猪狩は、胸の上から玉城のまだ温かい体を横に寄せるとゆっくり立ち上がり、荒い息づかいで凄惨な光景を見渡した。ハンドタオルで顔の返り血を拭うと、さすがの猪狩も頬に受けた拳による脳へのダメージからか、吐き気をもよおした。タオルで胃液を受け、ようやく一息ついた。しかし、その顔色は血の気がなかった。

猪狩は気を失っている仲間を肩に担いで部屋を出た。階段の下には若い部下が見張りをしており、不安そうに見上げていた。

「おい、帰るぞ」

すでに平常に戻った猪狩は、悠然と言った。


梁瀬幸太郎は、民放テレビ局の朝のワイドショーで、金曜日担当のコメンテーターをしている。午前四時に局入りをするため、前日には近くのホテルに宿泊する。局とホテルは、徒歩数分の距離で隣接している。

梁瀬はいつものように歩道を歩いていた。

(ビルが地下道で繋がっていれば便利なのだが)

この歩道の人通りは、昼間でもそう多くはない。この時間帯では、人とすれ違うことなどこれまでなかった。

街灯の明りが届かない銀杏の樹の下に、ダンボールとブルーシートで囲った小さなものがある。

(ホームレスか、先週はいなかったが)

横を通り過ぎようとした時、中から毛布を被った男が出て来た。

（サングラスにトレンチコートのホームレス？）

不審に思ったのが、梁瀬の最後であった。

梁瀬は、立ち入ってはいけないところまで取材を続けていた。

三時間後、通行人がダンボールの下から流れている血に気付いた。梁瀬は、頸動脈を鋭利な刃物で切られていた。


朝のニュースで玉城と梁瀬の死を知った三雲勝也は、手足がもぎ取られる断腸の思いがした。

三雲は、その日に議員辞職届を提出した。

翌日、柚川伊織は日本飛翔会会長に就任した。

佐倉次郎は、三雲事務所から解雇のＦＡＸを受けた。

一週間後、三雲勝也東京事務所は閉鎖した。三雲の長男・勝則は、十月の衆院補欠選挙出馬に向けて地元仙台に帰り、その準備に入った。

三十一

あの日、仙台から戻ると、夜明け前に猪狩は重傷を負った部下を、知り合いの外科医の自宅に運んだ。男は顎を複雑骨折していた。

その外科医は簡単な治療器具なら自宅に備えており、銃弾を取り出したこともある。猪狩がけが人を連れて来るのは夜中か早朝と決まっており、そのことに外科医は慣れていた。できる範囲内で処置をするが、責任は負わないというのが両者の暗黙の了解であった。

しかし、傷の症状から、外科医は男を勤務先の病院に連れて行くことにした。

(どういう理由にするか、自転車で転倒したことにでもするか)

外科医は、小さな総合病院で週四日診療を行う非常勤医である。ささいなことから離婚した妻が子供達と出た後、この建て売り住宅に一人で住んでいる。一人での生活は、心に大きな穴があいたようなもので、寂しさから生活は荒んだものになった。「喜びを分かち合える者がいない」、それは、なかなか頑張ろうという気力が湧いてこないものだ。

フランスの詩人・作家、アベル・ボナールの箴言がある。

「自分の愛するだれかに打ち明けることができれば、悲しみをいだくことはなくなる」

元々飲めない酒の量が増え、ある夜、酔っ払った勢いで暴力団員と喧嘩をしてしまった。臆病な外科医が気付いた時は、すでに遅かった。謝って済む相手ではない。そこに、偶然通りかかった猪狩が彼を助けた。


猪狩は、顔の傷の縫合処置を受け、血で汚れた衣服類を病院の焼却炉で処分するよう頼むと、部下の運転する車で引き上げた。偽造のナンバープレートは、東京圏内に入ると正規のものに取り替えていた。


「風呂を沸かしてくれ」

「その傷では入らないほうが」

妻の幸子が心配そうに言った。そのことは外科医からも注意されていたが、猪狩は殺伐とした臭いを体から落としたかった。

猪狩の部屋は、これが武闘派の部屋かと見間違うほどの蔵書で埋まっている。

猪狩はポケットから拳銃を取り出すと残りの銃弾を抜いた。猪狩は、作動確実なリボルバーを好んでいた。押入れから本の詰まったダンボール箱を出し、拳銃と銃弾を布で丁寧に包むと、洋菓子のブリキ缶に入れて底に隠した。この部屋には、猪狩はたとえ妻でも入れなかった。それは、妻のためでもあった。

服を脱いで下着一つになり、体を点検した。脂肪の塊のように見えるのは、鍛えた筋肉の変形である。所々、打撲部が内出血で変色していた。

風呂場に行き、傷口を濡らさないように首から下を洗い流した。

猪狩は簡単な朝食の後、二種類の抗生物質を服用すると横になった。それまでの張り詰めた緊張が緩んだためか、それとも薬のせいか、体全体が急にだるくなり、胸が悪くなった。指を口に入れ、先程の朝食を嘔吐した。幸子が背中をさすった。全身から冷や汗が出ていた。幸子を下がらせると、猪狩は便器にかがみ込みながら考えた。

(首の周りが少し痛い。玉城の拳が利いているのか)

死闘のダメージは、かなり残っていた。

三十二

およそ一カ月後の四月中旬、富士見の雑居ビルに二人の男が訪れ、一階の案内掲示板を見て行き先階を確かめた。

その事務所のドアは常時施錠されており、遠隔操作で開錠・施錠がされる。

「宮城県警です。末堂所長にお会いしたいのですが」

堀江警部はインターホンに口を近づけながら、監視カメラを上目で見た。

「末堂は先月退職しましたが」

事務的な女性の声がスピーカーから流れた。

(やはり何かあるな)

「少しばかり、責任者の方にお話を伺いたいのですが」

しばらく間があった。

（上司にでも相談しているのか）

「どうぞ、お入り下さい」

カチッとロックが外れる音がした。

「しかし、なかなか厳重にされていますなぁ」

「国家機密に関連することを扱っていますから、どうしても神経質になります」

応対に出た総務部長の垣内が答えた。

「政府機関からの委託研究ですか？」

「主に日本民政党からです」

二十一世紀東洋戦略研究所に著名な研究者などいない。有森教授や梁瀬幸太郎などに論評を依頼することはあったが、ほとんど市販の雑誌や専門誌、インターネットなどの公開情報を編集し、報告書にしていた。

「こちらは自衛隊出身の方が多いようで、防衛庁関係ばかりと思っていました」

堀江警部は、すでにこの研究所の概要を調べていた。

「末堂さんは先月辞められたとか。たしか、彼は元陸幕長でしたね」

「ええ、私も自衛隊出身で、その頃から尊敬をしておりました。先月、突然退職されたのには驚きましたが」

「辞められた理由は？」

「一身上の都合ということで、詳しいことは話されませんでした」

「先月、仙台で総合格闘技道場の館長と事務長が殺害された事件がありました。全国ニュースや週刊誌が大きく取り上げていたので、ご存じだとは思いますが」

「知っております。……それが末堂さんと何か関係があるとでも」

「その門下生によれば、以前に一度、三月初めの頃ですが、館長の玉城と一緒に末堂さんを襲ったことがあるそうです。手足の骨を折るのが目的だったらしいのですが、それが何を意味するのかまでは知らないそうです。その門下生の頬には五針の生々しい傷跡がありましたが、末堂さんも格闘家を相手に大したものですね」

「末堂さんは、レインジャーとして最高の戦士でした」

「なるほど。……その乱闘時、末堂さんは拳銃で威嚇をしたというのです。西部劇などによく出てくる小型のものですがね、これが事実ならば問題です。それに、末堂さんを襲うように依頼したのが、どうやら三雲元代議士らしいのです。これも事実ならば大問題です。その三雲元代議士は、事件の翌日に議員を突然辞めているのですが、何かすべてが繋がっているように思えてならないのです」

垣内は、心の動揺を顔に出さないように訓練されている。話の内容をぼんやりと他人事のように聞くことで、ワンクッションおいていた。

「三雲元代議士と末堂さんとはどういう関係ですか。何か二人の間でトラブルはありませんでしたか?」

「先程の日本民政党からの依頼というのは、ほとんどが日本飛翔会という派閥からのもので、そこの会長が三雲先生だったのです。その関係からのお付き合いはありますが、トラブルについての心当たりはありません」

堀江警部は、日本飛翔会のことはマスコミでしばしば取り上げられるので、よく知っていた。

「金銭面ではどうですか?」

「それは、全くないと思います」


その日の一時過ぎ、二人の刑事は垣内の書いた簡単な地図を頼りに末堂宅を訪問した。

「暴漢に襲われたのは事実ですが、どうしてなのかわかりません」

「武拳大竜館の玉城はご存じでしたか?」

「一度も会ったことはありませんでした」

「でも、顔はご存じだったのでしょう。クレージードラゴンとおっしゃったとか……」

「まだ私が自衛隊に在籍の時、沖縄の米兵からそう呼ばれている若者のことを沖縄駐留米陸軍第十地域支援軍司令官から聞いたことがあります。何度も写真を見せられました。米軍だけでなく、沖縄県警の間でも有名でしたよ」

「あの日、拳銃を持っていませんでしたか?」

「……あぁ、あのモデルガンのことですか」

すでに、垣内からは連絡が来ていた。

「部屋に置いてあります。持って来ましょう」

末堂は自室に戻り、すぐにデリンジャーのモデルガンを持って来た。

「これがその時のものです。よくできているでしょう。持ち帰って頂いても結構ですが」

「ジョギングにこのようなものを普通持ちますかねぇ」

堀江警部は白手袋で受け取ると、横の若い刑事に渡しながら怪訝そうに言った。

「お恥ずかしい話ですが、私の趣味なので……」

(精巧にはできているが、これであの玉城が引き下がったというのか)

堀江警部はしばらく黙った。

「ところで、玉城達が殺害された三月八日のことですが、どちらに居られましたか?」

「それを聞かれると思いまして、先程部屋から持って来ました。その日は……」

末堂は手帳を調べた。

「三月八日から十日まで、家族三人で箱根に行っております。これは、旅館の人が証言してくれるはずです。旅館の名前は……」

若い刑事が旅館の名前と電話番号をメモした。

(この様子だと、どうやらアリバイがありそうだな)

末堂の表情から、堀江警部は思った。

「最後に、三雲勝也元代議士との関係についてお聞きしたいのですが」

その頃、警視庁亀有署特別捜査本部では、松岡代表殺害の共犯者が絞り込まれていた。事件発生からちょうど二カ月が経っており、すでに、丸潟組は捜査対象から外れていた。

捜査員が人材派遣会社と草風建設そしてジョージ・馬場が居住していたマンションに入ったが、すでに重要参考人は国外に逃亡していた。国籍が米国で日系人という以外、経歴は偽造されていた。捜査員はわずかに残っていた指紋をマンションの部屋から採取し、米国関係機関に問い合わせたところ、元海兵隊員ジョージ・ウィルソンであることが判明した。ただし、日系という記録はなかった。

(日系というのは、日本で働くための口実か)

特捜本部は、米国に重要参考人の捜査を依頼した。サンフランシスコ市警がジョージ・ウィルソンの実家を捜索したが、立ち寄った形跡はなかった。

ジョージ・馬場ことジョージ・ウィルソンの実父が草葉貞義であることは、日本では草葉貞宗以外誰も知らない。草葉貞義が高校時代にウィルソン家にホームステイした時、そこはロサンゼルスであった。キャシーは、ジョージの父親についてクラスメートの誰にも話さなかった。

キャシーが亡くなってからウィルソン家はサンフランシスコに移り、すでに二十数年が経っていた。周囲には、草葉貞義のことなど知る者は誰もいない。そして、キャシーの両親もサンフランシスコ市警には、父親はジョージが生れる前に別れた友人のようで、全く知らないと証言した。サンフランシスコ市警が、捜査にそれほど熱心でなかったことも幸いした。

重要参考人行方不明のまま、共犯者の捜査は頓挫した。

三十三

カスピ海は、ペルシャ湾岸地域に次ぐ豊富な天然資源を持つといわれている。カスピ海沿岸国として、ロシア、カザフスタン、トルクメニスタン、アゼルバイジャン、イランの五カ国がある。その天然資源が絡む領有権を巡って、ロシアなど四カ国が主張する沿岸から等距離線引き方式とイランが主張する二〇パーセント等分割方式が対立している。

業務提携発表から五カ月後の七月中旬、ミュンスターと草風建設のJV（建設共同企業体）は、カスピ海北部の油田地帯に権利を持つロシア大手石油会社ラークオイル社から、パイプライン建設工事のパートナリング契約の内定を受けた。

カスピ海地域の原油と天然ガスの欧州方面への現在の輸送ルートは、ウクライナなどを経由した北方ルートと黒海を経由した南方海上ルートがある。さらに一年後の二〇〇二年には、アゼルバイジャンのバクーからトルコ地中海側のジェイハンを結ぶパイプラインが着工することになっている。今回、ＪＶが請けた工事は、北方パイプラインの一部複線化工事において、ルートとなる山を削り、トンネルを掘り、パイプのコンクリート基礎、防護柵敷設を行うことであった。

パートナリング契約は、工事費用が入札価格と異なった場合、あらかじめ差額分の負担を施主と決めるもので、工事費用が高くても低くても摘要される。欧米では急速に普及しているもので、日本の中堅ゼネコンが数カ月前、海外の公共工事で初めてパートナリング契約を行い、話題になっていた。

それだけに、このことが発表されると草風建設の株価は連日急騰した。提携発表前日の株価五十八円は、現在六百円を超えて十倍以上をつけている。

「パイプライン建設工事の内定を事前に知っていて、あのような契約をしたのは、我々を騙したことになります」

アンベルク取締役からの要請に、草葉は強く反論した。

すでに半月前から、シュレーダ副社長は草葉に度々要請していたが埒があかず、アンベルクが急遽来日した。

「時価の六〇パーセントならば、譲ることも考えましょう」

「決して騙してはおりません。内定は、前々からの我々の営業努力の結果です。単価はあくまでも契約どおりです」

（三雲先生が引退したものだから、このような強気に出るのか。シュルツは、何という卑劣な奴だ）

「提携を解消してもよいのですが。カスピ海の件は、別の相手を見つけて行います。いかがなさいますか？」

（本気で言っているのか。提携解消となれば、ミュンスターも困るはずだ）

アンベルクの平然とした一歩も引かない態度は、自信に満ちていた。それを感じた草葉は、逆に自信を喪失し弱気になった。交渉ごとは、互いの心理戦である。

（今ここで、この提携が解消になれば、我が社の株は大暴落だ）

「二、三日考えさせてほしい」

シュミット商会というよりもダッハシュタイン銀行は、担保五百万株のうち二百五十万株を三週間以内に売却するよう要請してきた。当初の覚書にはないことである。

「後でわかったのですが、ラークオイル社のモロトフ社長は、トゥワイスに別荘を所有しているのです。当然、シュルツとは面識があります。シュルツは、提携前にモロトフからパイプライン建設工事の情報を得ていたことは確実です。恐らくモロトフへのキックバックも考えられます。株価が大幅に上昇するとわかっていて、この提携をしたのです。まんまと奴に騙されました」

　シュレーダ副社長から話があった時、不審に思った草葉は、建設準備のため現地に派遣している担当者に、ラークオイル社とモロトフ社長周辺の調査を指示していた。その現地担当者は、大金を払ってモスクワとウィーンの調査会社に依頼をした。

「シュルツはラークオイルと組んでいたのか。そして、ミュンスターを利用して草風建設から金を吸い取るということか」

「法に訴えることもできないし……」

「………」

「先生、何とかなりませんか」

　草葉貞宗は哀願した。

「草葉さんには、これまで世話になってきたから何とかしてあげたいが……、引退した身だから、今のわしには何もすることができんのだ」

「このままでは、あのシュルツに草風建設は乗っ取られます。この日本は、あのシュルツに愚弄されているのです。あのシュルツさえいなければ……」

「……わしに考えがある。少し待ってくれないか」

　しばらく考えてから、苦渋の表情をした三雲は、小さな声だが意を決したように言った。

三十四

翌日、この日から暦は八月になったが、三雲勝也は朝から緊張していた。〝あの方〟は、午前中は霞が関ビルの事務所にいる。三雲は、アポなしで訪ねることにした。

受付の女性は、これまでと同じように三雲を笑顔で案内した。パーティションの内側では、六～七人の男女がいつものようにデスクワークをしている。奥の扉近くに座った短髪の男が、三雲を見ると驚いた様子で小走りに来た。男が警備主任で、末堂が創ったあの部隊の出身者であることは、三雲も知っていた。

「戻ってなさい」

警備主任は案内の女性に小声で言うと、三雲の顔を見た。

「先生、今日は何の御用でしょうか?」

「突然のことで申し訳ないのだが、先生にお会いしたい。取り次いでくれませんか」

三雲は真剣な表情で男に頼んだ。警備主任は、三雲のこれまでの立場を充分承知している。断りきれず、一般来客用の応接室に案内した。

（今までは奥だったが）

三雲は一瞬そのように思ったが、黙って従った。

すぐに緊張した面持ちの所長がやって来た。簡単な挨拶の後、

「もしよろしければ、ご用件は私が承りますが」

丁寧だが拒絶を許さない響きがあった。

「先生に『三雲がお願いに参りました』、とその一言をお伝えください」

三雲は机に両手をつき、所長に頭を下げた。所長はそれを見て、さすがに只事でないことを感じ取った。

「わかりました。手をお上げください。しばらくお待ち願いますか。伺ってきますから」

所長が出てからどれくらい経ったのか。女性がコーヒーを持って来たが、三雲は口にしなかった。この間、三雲は実際の時間よりも長く感じていた。

やがて、〝あの方〟の秘書がやって来た。

「ご案内します」

秘書の先導で、警備主任が座る横の扉から奥のエリアに入った。そこにいる二人が三雲に会

釈をした。一人は高齢の〝あの方〟の健康管理をする看護婦兼秘書であり、一人は専属運転手である。左に応接室、その隣が所長室である。秘書は応接室ではなく、突き当たりの〝あの方〟の部屋に案内した。秘書のノックで、中から所長がドアを開けた。

七〇平方メートルある部屋の奥の窓を背に、〝あの方〟が泰然と座っていた。半年振りにその姿を見て、三雲は目が眩んだ。

（窓から射す光のせいか）

三雲には、〝あの方〟が発した光のように思えた。三雲は、所長の半歩後から進んだが、足が縺れそうになった。

（これまで幾度もこの部屋に来たが、このようなことは一度もなかった）

すでに現役を退き、しかも追放された身であること。その気後れは、挙動に自然と出ていた。大きな欅の机の前に来て〝あの方〟と目が合うと、三雲はすぐに逸らせた。

（恐ろしい目だ）

三雲には、〝あの方〟の目がすべてを吸い込むブラックホールのように見えた。すると、昨夜から考えていた言葉が頭の中で霧消した。頭の中が真っ白の状態になった。しかし、ここで三雲の本領が出た。突然、机を回り込むと、〝あの方〟の前で土下座をした。

「お願いがあって参りました」

所長と秘書は三雲の思わぬ行動に驚き、三雲を背後から取り押さえようとした。三雲は頭を絨毯にこすり付けるようにして哀願した。

〝あの方〟――清水谷如水は、三雲を静かに見下ろしていた。そして、左下腹にそっと手をやった。あの自刃を図った時の傷跡である。

（久し振りに疼く）

あの時は奇跡的に助かった。あれから、「如水」と改名した。かねてから黒田如水の生き様に胸打つものがあり、その名を借りた。


戦国時代の知将・黒田官兵衛は、朝鮮役で石田三成の報告から豊臣秀吉の怒りをかい、御前に出ることを禁止された。官兵衛は秀吉の怒りが昂じて身の破滅になることを危惧し、入道して「如水」と号した。黒田如水は、稀世の大才ゆえに秀吉や家康に忌まれ、小大名に終った不運の武将である。


清水谷如水は、ステッキを手に悠然と立ち上がった。

そのステッキは、直径が一五ミリほどの樫材である。還暦祝いに贈られたものらしいが、当時から、それを必用とするほどには足腰は弱っていない。それは通常の代物ではない。中間付近の内部は刳り貫かれて、直径三ミリ、長さ四〇センチのステンレス丸棒が仕込まれている。

これで、日本刀の一撃をも受けることができる。

かつて清水谷如水が最高裁判事の時、暴漢に襲われたことがあった。専用車に乗り込もうとしたところを、背後から鉄パイプで殴りかかられた。普通ならば、鉄パイプを持って最高裁判所の辺りなどとても歩けないが、電工の作業服を着用し、鉄パイプを蛍光灯用ダンボールで偽装していた。清水谷は、咄嗟にステッキで鉄パイプを受け止めて反撃した。その武勇伝は一部のマスコミに大きく取り上げられたが、無我夢中で振り回したステッキのクリーンヒットであったとかわした。しかし、事実はそうではない。そのことは、左鎖骨を骨折した暴漢が一番よく知っていた。不意をついて力いっぱい振り下ろした一撃が受け止められ、素早く正確に鎖骨を強打された。

（あれは化け物だ）

暴漢はその夜、麹町署の留置所で、包帯による謎の首吊り自殺をした。その動機や背景が解明されないままに、この事件は終結した。


「三雲」

清水谷如水が声をかけた。声には若々しい張りがある。三雲が顔を上げると同時に、清水谷はステッキを振りかざして三雲の左肩に打ち込んだ。

バシー！

鈍い音がした。突然のことに、所長と秘書は息をのんだ。

「わっひゃひゃひゃ」

清水谷は大きく笑った。それにつれて、清水谷の血色よい白い肌がますます輝き出した。

三雲勝也は、霞が関ビルの回転ドアから外に出た。ゆっくり回る回転ドアの中に入ると、三雲には、自分の意志と関係なく、強制的に外に放り出されるような嫌な気がした。


霞が関のこの辺り一帯は大名・旗本屋敷のあった所で、明治六（一八七三）年に工部大学校が開校したが、明治二十（一八八七）年、東京帝国大学工科大学として発足するに伴い移転した。明治二十一（一八八八）年にその校舎を学習院が仮住居としたが、二年後に四谷に移転すると東京女学館がそこに入り、大正十二（一九二三）年の関東大震災で校舎が焼失するまでこの地にいた。五十年間に同じ地で、三校が校舎を受け継いだ。


三雲勝也は、虎ノ門の交差点から皇居に向かって、炎天下、桜田通りをゆっくりと歩いた。

（先程の左肩が疼く。腕が上がらない。秘書は、骨に異常はないと言っていたが）

（いつもは車ばかりであったが、ここを歩くのは何十年ぶりのことか。目線が違えば風景も違う）

（今日は、すべてが燃え尽きたようだ。もう何も残っていない）
（自分の利益にならないことをしたのは、これが初めてか）
（草葉の話を聞いているうちに、「怒り」が静かにこみ上げてくるのが自分でもわかった）

亀井勝一郎（批評家、明治四十～昭和四十一年）は、『青春論』（角川文庫）で「愛を生む怒り」について述べているが、要約すれば次のとおりである。

「怒り」は、突発的な激情となってあらわれ、盲目的行為に出ることが多い。しばしば憎しみと混同され、憎しみを含みやすい。従って、一般的に悪徳とみられている。しかし、「怒り」とは本来、倫理的なものであり、「真の怒り」というものがある。「真の怒り」は、社会的正義感から発したものでなくてはならない。それは盲目的行為ではなく、逆に理性的行為を導き出すものである。一時の激情とは反対の、持続して冷静に対象をみようとする強い意思である。

人間は信念を失った時、「怒り」を失うものである。同時に、信念を押し付けるために怒る人間がいるが、それは「真の怒り」（純粋な怒り）ではない。根底に社会的正義感がなくてはならない。また、怒るべき時に怒りを抑えること、それこそ悪徳である。

草葉の話を聞いているうちに、三雲の心の中に「純粋な怒り」が生じていた。

そうでなければ、〝あの方〟も話を聞かなかっただろう。

（すっきりした。これまで澱んでいた心が澄んだようだ）

（このようなことが、確か昔あったような……。「デジャ・ビュ」とは、よく覚えていないが、どこかで見たことがあるような気がすることを言うらしいが、まさにそれか）

（そうだ、まだ学生の頃だ。柚川伊兵先生の秘書を志望した。つてもなく、直接押しかけた。あの時、虎ノ門の事務所を出て車に乗り込む先生に、土下座をして頼んだ。警護の秘書が少し慌てたようだが、先生は一瞥すらしなかった。車が走り去った後も、しばらく座ったままだった。通行人が不思議そうに見ていたが、気にはならなかった。あの時は抜け殻になったようだった。あれから無心にこの道を歩いたのだ）

（あれは咄嗟に出た行動だった。計算などしていない。わしは、選挙でも土下座などしたことがない。今日の土下座はあの時以来だ）

（あの頃が一番よかった。何かが燃えていた。そして、未来への時間が充分あった）

（今は、残された時間はわずかだ）

（悔いのない者など、果たしてどれだけいることか）

（しかし、最後にこれまでの精算をする。これで悔いはない）

いろんな思いが交差するうちに、三雲は警視庁の前を通り過ぎ、桜田門まで来た。

安政五（一八五八）年、井伊直弼が大老に就任した。井伊には二つの使命があった。一つは紀州家当主・慶福《よしとみ》（後の家茂《いえもち》）を将軍世子とすることであり、一つは米国と通商条約を締結することである。井伊は強力政治を布くことを覚悟していた。大老に就いて八日目には慶福を世子に内定したと発表し、慶喜派を免職・閑職に追いやった。さらに、米国との通商条約も朝廷には届けを一方的に出すのみで、許可を得ることなく締結した。この井伊の政治手法を、公家や大名から藩士・浪士に至るまで非難した。これに対し、井伊は強権により大名でさえ一切容赦なく処罰した。安政五年秋から安政六（一八五九）年初めにかけての「安政の大獄」である。「安政の大獄」以前までは、諸藩の志士も浪士も倒幕の思想を抱いている者はなかった。幕府の強化により国難を乗り切るため、賢明な一橋慶喜《よしのぶ》を将軍に推す動きすらあった。しかし、この頃から、幕府は無益有害なものとして、倒幕運動が一部の諸藩士や浪士の間で生じた。幕府の権威は日に日に低下した。

万延元（一八六〇）年三月三日、三宅坂の彦根藩邸から出た大老・井伊直弼の行列が桜田門にさしかかった時、水戸藩らの浪士に井伊直弼は暗殺された。「桜田門外の変」である。

その大通りに面して警視庁庁舎がある。地上十八階、地下四階で、鉄塔頂部まで約一二三メートルの超高層ビルである。屋上にはパリのＩＣＰＯ（国際刑事警察機構）と交信可能な無線塔とヘリポート、地下には五百台収容の駐車場を備えている。

（正午になる頃か）

上がらない左腕の腕時計を、三雲は頭をくねらせて見た。なぜか、その顔には炎暑にかかわらず汗がなく、脱皮したかのようにすっきりしていた。


十二時三十分、各局のテレビにニュース速報のテロップが一斉に流れた。

「三雲勝也元大蔵大臣、服毒自殺」


「三雲先生が、お亡くなりになりました」

「そうか。……三雲君の命を賭けた最後の頼みを聞いてあげよう。すぐに、入来君に連絡しなさい」

そう言うと、清水谷如水は平然と食事を続けた。昼食は、三十五階のレストランから毎日届けさせていた。舌平目のワイン蒸しにカキとムール貝添えとステーキが、今日のメニューである。健啖家である。

所長が部屋を出ると、清水谷はナイフとフォークを皿の上に置いた。ナプキンで口を拭うと水を一口飲んだ。そして立ち上がって窓に近づき、ビル間に見えるレインボーブリッジを悲しそうな目で眺めた。

（一度、総理にさせたかったが……）

三十五

佐倉次郎は、三雲勝也の自殺を知るとすぐに実家のある静岡から上京した。夕方、三雲邸を弔問するが、夫人も長男の勝則も病院から戻っていなかった。

その夜、佐倉は桐野を新橋の居酒屋に呼び出した。

「本当に自殺だったのか。あの強気の先生が信じられん」

「目撃者がいる」

「先生の自殺を目撃していたのか！」

驚きから佐倉の酔いは急速に醒めた。

「あぁ。真夏に四、五十万の高価な背広を着た紳士が、俯き加減にゆっくりと歩いていれば気になるものだ。しかも、テレビなどでその顔をよく見たことがあればなおさらだ」

桐野は、酒を一口飲むと話を続けた。

「その紳士は立ち止まり、背広のポケットから何かを取り出してしばらく眺めていた。最初は普通の薬に見えたようだ。それから意を決したようにカプセルを飲み込み、しばらくして倒れた。すぐに駆け寄ったが、白目を剥いて口から泡を出していた」

「リアルだ。その目撃者はかなり詳しく観察していたな」

「刑事だからな」

「……尾行していたのか、なぜだ！」

「半年前、仙台で武拳大竜館館長の玉城竜一と宍倉事務長が殺害される事件があった。その玉城の有力スポンサーが三雲勝也であることは周知のことだ。玉城のことは知っているな」

「先生の地元後援会の幹部だった。東京にもたまに来ていたらしいが、平河町の事務所には一度も顔を出さなかった。玉城が秘書をしていた頃、一度だけ会ったことがある」

「殺害される四日ほど前に、玉城は門下生数人と上京していた。ある人物を痛めつけるのが目的だったらしいが、襲撃は失敗した。相手はかなり手強く、おまけに護身用の拳銃まで所持していた。モデルガンらしいが、本当のところはわからん。その人物とは、末堂毅。知っているだろ」

「二十一世紀東洋戦略研究所の所長だ」

「当時はそうだった」

「研究所には、雑用で行ったことが何度もある」

「宮城県警はよく調べた。末堂の周辺捜査を進めているうちに突然、上層部から捜査中止の命令が出た。宮城県警の堀江という警部が、辞職覚悟で警視庁に捜査資料を持って直訴に来た。県警本部の方針に逆らって、内部では浮いた存在になっていたらしい。警視庁か地検か迷ったようだ。余程思い詰めたのであろうが、異常なことだ。彼は相手にされずに追い帰された」

宮城県警の捜査は、玉城の門下生三名の証言から末堂周辺に向いていた。

「で、どうなった?」

「堀江警部は、帰りの新幹線で、ドアを手動で開けて飛び降り自殺をした。五月の連休明けの頃だ」

「………」

「ところが、持っていた大事な捜査資料がどこにもない。車両のゴミ箱から飛び降りた付近の沿線まで探したがなかった。どこか川にでも沈んでいるのだろうとか理由をつけて、そこで一応捜索は打ち切りになったが、いい加減なものだ。俺は何かあるとみた」

「そのようだな」

「俺は部下と二人で極秘に捜査を行ったが、時間的なことや資金的にも問題がある。そう長く続くものでない。一カ月ほどで自然に止めた。ところが偶然、三雲が警視庁の前を歩いているのをその部下が見た。様子がおかしいので後をつけたという訳だ」

「今日、先生はどこに出かけていたのだろう」

「恐らく、霞が関ビル。末堂と三雲の共通点がここにある」

「……あそこには、先生の顧問弁護士事務所がある。俺は何度も先生のお供で行った。上柳法律事務所だ」

「あぁ、堀江警部は末堂と三雲の関係を洗っているうちに、上柳法律事務所が浮かび上がった。しばらくして捜査は中止。県警本部長に上層部からの指示だ」

「刑事局長か？」

「さらに上のようだ」

「……官邸か？」

三十六

アンベルク取締役が、草葉相談役に最後通告をしてから二日が経った。

アンベルクは、シュレーダ副社長とグランドクィーンホテルの中二階にあるレストランで夕食を終えた後、秘書と部屋に戻った。明日の午前中が草葉からの返答期限である。結果がどうであれ、午後には出国することになっていた。

アンベルクは秘書と二人でエレベーターを降りると、ホテルの従業員がワゴンを押しながら近づいて来た。従業員はワゴンを廊下の隅に寄せて止まり、軽く会釈をして二人に道を譲った。二人が通り過ぎた時、その従業員は毛布の中に隠していた出刃包丁を手にし、アンベルクを襲った。常に警戒を怠らないボディーガードの秘書は、持っていた鞄を男の顔に投げつけるや、ポケットからナイフを取り出した。態勢を立て直した男が出刃包丁を秘書の胸に突き出した時、秘書はそれをかわして男の右上腕部を切りつけた。男のベージュ色の制服が赤く染まった。

アンベルクは、秘書の背後で青ざめて立ちすくんでいた。その後方から走り寄って来た別の男が、すばやくアンベルクの腹を一突きした。それに気付いた秘書が構えを崩した瞬間、秘書の腹に出刃包丁が深く突き刺さった。刺客は、陽動役と暗殺役の二人組であった。

廊下の物音に不審に思った宿泊客がドアを開けると、二人が即死に近い状態で血海の中に倒れていた。


ハインツ・フォン・アンベルクの訃報を秘書から聞いたシュルツ頭取は、顔色一つ変えず、ハインツの家族とアンベルク本家に至急連絡するよう指示をした。シュルツは、これが草葉からの返答と受け取った。怒りが勝り、ハイドリッヒの時のような涙はなく、秘書を下がらせると小さな続き部屋に入った。

シュルツのこの十年間の習慣として、偉大な哲学者イマヌエル・カントの食事が午後一時の昼食だけであったように、夜に会合がない限り、一日昼食の一回としている。しかし、カントとは違い、シュルツは午後二時からこの小さな部屋で三十分間ほど午睡をする。

(少し疲れたようだ)

シュルツは上着を脱ぎ、ネクタイを緩めてベッドに横になった。

すべての哺乳動物の神経配線は、その働きを左右に分けて分担している。大脳半球は左右一対になっており、脳梁で繋がれている。それぞれの脳半球は、反対側の身体だけに連結をしている。右側の視覚・聴覚・触覚・動作は左脳の分担であり、左側は右脳である。また、左脳は言語脳と呼ばれ、論理的思考・理性を司り、右脳はイメージ脳と呼ばれ、直感的思考・感性を司る。

シュルツは、体を横にすることで体中の全エネルギーを脳細胞に向けた。あまり使われていない右脳を活性化させ、百～二百億個にも上るニューロン（神経細胞）とシナプス（神経回路）が形成する複雑な情報ネットワークを駆使し、考えに集中した。

三十分後、それは集中力の限界でもあったが、シュルツは服装を整えて執務室に戻った。脳は軽い心地よい酸欠状態になっていた。チョコレートを一粒口に含み、満足そうに軽く頷いた。すでに考えはまとまっていた。

（ハインツの遺体の引き取りは、アンベルク家と銀行関係者にやらせよう。草風建設との提携は、カスピ海のビッグプロジェクトがあるから当分このままだ。草葉貞宗にはこの責任をとってもらう。草葉さえいなくなれば、後はどうにでもなる。それから、五百万株はゆっくり頂くことにしよう）

シュルツは、保安部長のバーグマンを呼んだ。

バーグマンはオーストリア内務省情報部の防諜部門出身で、タウエルン社では保安部の特別部署にいた。タウエルン社が非合法組織と直接取引することはない。必ず間に数社入っていた。しかし、何らかのトラブルがある時、その部署が対応を担った。

シュルツは、辣腕のバーグマンをタウエルン社から高額の報酬で引き抜き、特別なことはすべてバーグマンに任せた。

トゥワイス郊外の村々には、ドナウ河に沿って古城・廃城や古い修道院・教会が多く点在する。

その夜、バーグマンはいつものように村外れで待ち合わせをした。

三十七

静岡の実家に戻っていた佐倉の携帯が鳴った。

「来週月曜日から、福井県警に行くことになった。原子力発電所のテロ対策強化のためだが……」

「……突然だな」

「正直、俺も驚いた。三雲勝也元代議士自殺の件で、毒薬カプセル入手ルートの再捜査を強く進言したことが関係しているのは間違いない」

「圧力があったのか？」

「恐らくそうだろう。……それから、自殺を目撃した部下のことだが、今朝、車に跳ねられて重態だ。俺は今病院にいるが……」

桐野の声が少しずつ涙声になっていた。

「奥さんに申し訳なくて、何度も詫びたが……」

それが、佐倉が聞いた桐野の最後の声であった。

その夜、桐野は病院の屋上から飛び降りた。警察は、ノイローゼによる自殺と断定した。

三十八

門扉は運転手の操作するリモコンで自動的に開き、専用車は私邸に入る。この日もそうなるはずであった。

防弾仕様に改造されたセンチュリーが私邸の前で一旦停止をした時、後ろから来た四ＷＤが急にスピードを上げ、専用車の後部に激突した。突っ込んだ車のフロントバンパーは、チャンネル形鋼で溶接補強されていた。専用車のリアバンパーが破損して外れかかり、トランクは大きく変形した。

四ＷＤの助手席から浅黒い男が飛び出ると、車はすぐにバックした。男は後部ドアの防弾ガラスに至近距離から拳銃を乱射した後、待機の四ＷＤに素早く乗り込んだ。

草葉貞宗は全身に銃弾を浴びた。防弾ガラスには、ポリカーボネートシートを突き破った弾丸の丸い穴が、七個きれいにあいていた。

ダイヤモンドに次いで硬い物質は、「立方晶窒化ホウ素（ｃＢＮ）」である。地球上で二番目に硬い「ｃＢＮ」は、ダイヤモンドと類似した結晶構造を持っている。自然界には存在せず、合成により造られる。工具材料として利用されているが、タウエルン社は銃弾の先端に「ｃＢＮ焼結体」を用いることで、一センチ程度の防弾ガラスならば貫通可能なものを開発していた。

草葉貞宗が襲撃されておよそ一時間後の午後八時、入来智輔が清水谷如水の屋敷を訪れた。

「まさかこの日本で、このような大胆な行動に出るとは予想もしませんでした。シュルツがあの時に来ていれば、すべてかたがついたのですが」

入来は、シュルツがハインツ・フォン・アンベルクの遺体の引き取りに来日した時の殺害を計画していた。しかし、アンベルクの家族と銀行関係者だけが来日し、シュルツ本人は来なかった。用心深いシュルツは身の危険を察知していた。

「オーストリアでことをするとなれば、いろいろと困難が予想されます。シュルツの館やダッハシュタイン銀行は要塞であると聞いています」

「………」

清水谷如水は瞑目した。すぐに禅の状態に入り、脳波はβ波からα波に変わった。呼吸も普通の状態では一分間に十七回前後であるが、次第に少なくなり、一分間に一回以下となった。

鹿島流・塚原卜伝、新陰流・上泉伊勢守、柳生新陰流・柳生石舟斎、その孫で流派の正統を継いだ柳生兵庫助などの剣豪は、山に籠って修行を行った。短くて三年から四年は山から出てこない。二天一流・宮本武蔵は九年から十年の間、山に籠っていたという。山中で彼らは座禅の修行をした。

剣の技をいくら鍛錬しても、真剣勝負では恐怖心から身は硬直し、頭には血が上って意識は無我夢中となり、思うように技が出ない。剣術草創期には、神技が出るように神仏に祈っていた。禅が入ってきて初めて、人間自身の中に非常にすばらしい力があり、修行をすればその力が一〇〇パーセント出せるという考えが生じた。「剣禅一致」である。

それは心を鍛えることであり、座禅で自分を捨てて無にする修行をすることである。禅の教えは、「生死をこえた立場に立って、生きるときは立派に生き、死ぬときは立派に死ぬ」という態度を養うところにある。伝書で禅のことばが初めて出るのは上泉伊勢守である。禅は、剣客達の心の支えであった。

清水谷如水は、山に籠ったことも高僧の指導を受けたこともない。ただ、毎朝五時に起床すると一時間座禅を組んだ。五十年間、これを続けた。「継続は力なり」というが、すでに悟りの境地にいる。

入来とその後方では秘書が、それを見守っていた。


秘書の名は山岸健也。

健也の父・健吾は、末堂が創設した特殊部隊所属で、沖縄でグリーンベレーと合同訓練中に殉職をした。そのように公式発表されたが、事実は違っていた。


一九九〇年八月三日、イラクはクウェートに侵攻し、八日には併合した。かつて、ナチスドイツがオーストリアを併合した時とは違い、クウェート国民はイラク軍を歓迎しなかったし、国際連合や国際世論も強く非難した。

一九九一年一月十七日、ジョージ・ブッシュ米大統領はイラク攻撃を決断し、多国籍軍はイラクとクウェートのイラク軍に対する夜間攻撃に踏み切った。艦対地巡航ミサイル・トマホークと戦闘爆撃機・F117ステルス、F15E、トルネードなどによる空爆は、夜明けまでに一〇〇〇波に及ぶ激しいものであった。戦闘航空機からの爆撃精度は、ベトナム戦争の頃と比較にならない。さらに、レーザー誘導のスマート爆弾によるピンポイント攻撃は、絶大な効果があった。このスマート爆弾は、戦争の考え方を大きく変えた。

二月二十四日、地上軍が攻撃を開始した。並外れたＩＱ（intelligence quotient）を持つ二四〇ポンド（一〇九キロ）の巨漢・現地軍最高司令官ノーマン・シュワルツコフ大将の作戦が成功し、百時間後には、ブッシュ米大統領から勝利宣言が出た。湾岸戦争の「砂漠の嵐」と名付けられた作戦は、六週間で終った。

その「砂漠の嵐」作戦が始まった数時間後、イラクはソ連製のSS1CスカッドB地対地ミサイル（全長一一・四メートル、直径八四センチ、射程一六〇〜二八〇キロ）七基をイスラエルのテルアビブとハイファに発射した。その後も、スカッドはイスラエルやサウジアラビアの米軍を襲い、湾岸戦争終結までにスカッドは五百人近くを殺傷した。スカッドの命中精度はあまりよくないが、生物・化学兵器や核の搭載が可能なことから、高性能爆薬による破壊効果よりも、心理的効果・宣伝効果が大きかった。

そのスカッド発射台（輸送車兼用起立式発射機）の発見・破壊のため、SAS（イギリス陸軍特殊空挺部隊）はイラク領内奥深くに入った。アメリカ陸軍のデルタフォース（DELTA FORCE）もSASと連携して活動した。デルタフォースは、一九七七年にSASを参考にして創設された対テロ部隊で、隊員は陸軍のエリート部隊であるレインジャーやグリーンベレーから選ばれた。「奇襲、迅速、そして成功」、それがデルタフォースのモットーである。なお、SASのモットーは、「危険に敢然と挑む者は勝利する（Who dares wins）」である。

二月初旬、山岸健吾はそのデルタフォースの「秘密観戦武官」として、密かに行動をともにしていた。観戦といっても第一線である。常に危険と向き合っていた。

その部隊の任務はスカッド発射機の発見であり、破壊や敵と交戦することではない。イラクの砂漠を特別仕様のランドローバーで密かに偵察した。しかし、戦場では予期せぬこと（たいてい一〇〇パーセント最悪なこと）が起こるものである。イラクの機動警戒部隊と遭遇し、銃撃戦となった。敵の勢力圏内での戦いは、どうしても不利になる。部隊はその場を空軍の援護でかろうじて逃れ、救援ヘリで救出された。この銃撃戦で山岸は被弾し、二日後に死亡した。

当時高校生であった健也は、母の実家のある山梨県内の高校に転校した。

二年後、健也は東京の大学に進学することになり、末堂の紹介で清水谷如水の屋敷に下宿することになった。末堂から委細を聞いていた清水谷は、すべての面倒をみた。

清水谷如水の屋敷には、世話係として中年夫妻が離れに住み込んでいた。突然の父の死で自閉症的になっていた健也も、食事の世話をする夫妻といつしか打ち解けるようになった。

その世話係の男はやはり特殊部隊出身で、父・健吾の部下でもあった。空手の達人で、早朝と夕方、庭で一人稽古を日課としていた。健也は、毎日稽古を見るうちに空手道に興味を持ち、手ほどきを受けるようになった。

一カ月後、健也の覇気を感じた清水谷如水は、近隣に迷惑のかからぬように、庭内を整地して防音性を配慮した小さな道場を建設した。早朝五時からの二時間、夜一時間の稽古は、一年後には健也の貧弱な骨格を大きく変えた。

貫き手は、最初は柔らかい粉を壺に入れ、毎日突き刺して鍛錬を行う。次に砂、そして砂利とグレードを上げていく。指の爪は剥がれ、想像を絶する痛みに耐えた頃には、手指は尋常でないものになっている。

健也は一番辛い修行に自らを投じた。そして四年後、以前とは似ても似つかぬ体になり、厳しい修練に耐えた自信は顔付きも変えていた。健也は、父・健吾の「戦う遺伝子」を持っていた。

大学卒業後、山岸健也は上柳法律事務所に入所し、清水谷如水の秘書になった。

三十分ほど経って、清水谷如水は目を見開いた。

「わしに考えがある」

翌朝、成田空港近くの雑木林に入る小道に停まった四ＷＤの中で、東南アジア系とみられる二人の死体が発見された。二人とも頭部を銃で撃たれていた。その一人のポケットから見つかった拳銃は、旋条痕から草葉貞宗殺害に使用されたものと後日判明した。

三十九

「すべて終りました」

バーグマンから報告を受けると、シュルツ頭取は黙って頷いた。

バーグマンは、シュルツの前では常に緊張していた。

(どうもこの人だけは苦手だ)

これまで、非情な諜報員や冷酷な非合法組織と対峙して多くの場数を踏んできたが、シュルツには、今までとは違った恐ろしさをバーグマンは感じていた。

(タウエルン社のシュルツ取締役が、ダッハシュタイン銀行頭取であることは、すでに知っていた。当時、シュルツ取締役からダッハシュタイン銀行に移る話を聞かされた時、すでに彼の内面に潜むある種のものに気付いていた。本当は断りたかった。しかし、断れないものを彼は発していた。もし断ればどうなるか。そのことは「直観」でわかった)

人間誰しも、知の要素の強い「論理」と情の要素の強い「直観」の両機能を持っている。「論理」は思索的・連続的・過程的であるが、「直観」は感覚的・飛躍的・結論的である。その強弱の程度から、人間のタイプは、「論理型」と「直観型」に大別される。さらに、「論理型」は「速考型」と「深考型」に、「直観型」は「五官型」と「直覚型」に分けられる。「論理型」における「速攻型」は、問題を論理的に追求する力は弱いが、処理するスピードがある拙速的実戦型であり、「深考型」は、問題を論理的に追求する巧遅的参謀型である。「直観型」における「五官型」は、五感覚（目・耳・鼻・舌・皮膚）以外の特別な観念は働かないが、「直覚型」は、五感覚に伴ってある種の観念が働く類型である。

バーグマンは、典型的な「直覚型」であった。その鋭い「勘」でこれまで生き延びてきた。二倍の報酬、それも魅力的だった。すぐに引き受けた。

バーグマンがタウエルン社の保安部渉外担当部長であった時、現地の二次代理店責任者が、「商品」とともに行方不明になる事件があった。

どのような仕事であっても、かなり綿密に計画され慎重に実行されていても、時に予想もせぬトラブルは起きるものである。その対処をどのようにするかで、担当者や組織の実力・真価が問われる。

タウエルン社の危機管理（Crisis Management）は、これまで数多くの血を伴った実戦・修羅場で鍛えられたものである。今回も、受注時から納入先業者の実態を充分把握して、ことを慎重に進めていた。現地には保安部から秘密監視人を派遣していた。その監視人から緊急連絡が入り、バーグマンはすぐに一次代理店の責任者と南米に向かった。

その納入先業者は闇のブローカーで、反政府ゲリラ組織や麻薬マフィアの代理人であった。反政府ゲリラはマフィアの潤沢な資金を必要とし、マフィアは反政府ゲリラの強大な戦力を必要としていた。両者は共存共栄の関係にあった。

バーグマンは、標高二五〇〇メートルに位置する首都・ガルスに到着すると、すぐに領事館に連絡をした。タウエルン社は、密かに領事館関係者を協力者として擁していた。すでに送っていた銃器類の詰まったスーツケースをその領事館員から受け取ると、支援要員として陰からバーグマンの護衛をしている二人の部下に配った。

バーグマンはガルスの二次代理店に行ったが、今回が初めての取引でもあり、協力的な雰囲気ではなかった。行方不明者の捜索願を警察に出してはいるが、盗難された「商品」が不法組織への銃器類であるため、詳しくは警察に説明できないでいた。犯罪多発都市でもあり、行方不明者の捜索は進展していなかった。

バーグマンは、当初から警察を頼るつもりはなかった。闇のブローカーを直接探すことにした。危険が予想されるので、一次代理店の責任者を帰国させた。

バーグマンはフリーライターと偽り、それとなく聞き回った。そのことはすぐに相手に知れる。それが狙いだった。自分の周りを見知らぬ者が調査すれば、誰でも気になるものである。不安になったブローカーは、数人の用心棒をバーグマンの元に送った。脅せば逃げ出すと軽く考えていた。

バーグマンは相手からの接触を待っていた。バーグマンがホテルのバーにいる時、ボーイが来た。電話に出ると、外に呼び出された。ホテルから一〇〇メートルほど離れた交差点で、人相のよくない髭面の三人が待っていた。治安が極度に悪化するこの時間帯、人や車の通行はほとんどない。バーグマンは、用心棒達が裏道へと誘導するのに素直に従った。車に押し込まれることだけを警戒していた。連れ込まれたビルの裏側は、ゴミが散乱し異臭を放っていた。用心棒達があらかじめ浮浪者達を追い払っていたので、そこは無人地帯となっていた。

まず、相手を痛めつけて、彼我の力の差をわからせる。それから用件を言えば、相手は必ず従う。定石どおり用心棒達がバーグマンを取り囲んで殴りかかろうとした時、
ピュッ、ピュッ、ピュッ、ピュッ。

かすかに空気を切る連続音がして、二人の男がほぼ同時に倒れた。バーグマンの支援要員が、サイレンサーから放った銃弾であった。

バーグマンは、唖然とする用心棒の太腿に素早くナイフを突きたて、左耳半分をナイフで切

断した。その間、数秒の早業である。

「ギャー！」

叫び声が路地の壁に響いた。だが、誰も助けには来ないし、野次馬もいない。涙を流し命ごいをしながら、その用心棒はすべてを喋った。

事件の真相がわかった。取引現場で二次代理店の責任者は射殺されたこと、代理店が雇っていた三名の武装警備員は闇のブローカーに買収されていたこと、そして、「商品」はすでに反政府ゲリラ組織の手に渡ったこと。すべてを喋り終えると、その用心棒は部下の一人に射殺された。

用心棒達が殺されたことを知れば、闇のブローカーは警戒を一層強める。

その夜のうちに、バーグマンは行動した。すでに、この周辺の地理を熟知している秘密監視人の案内で、バーグマンは支援要員の二人と郊外にある闇のブローカーの小さな屋敷を急襲した。母屋と用心棒が住む離れの小屋があり、二手に分かれた。離れに手投げ弾が投げ込まれて爆発すると同時に、バーグマンと部下は母屋に突入した。ベッドで寝ていたブローカーから金の隠し場所を聞くと射殺した。ブローカーの指は切断されていた。突入から退去まで十分間ほどで、警察が来るまでに、まだ二十分の余裕があった。

バーグマン達は、顔を見られないように目出し帽を被り、家族には言葉が聞かれないように注意していた。当然のことながら、家族に危害を与えるようなことはしていない。犯罪者のみを処罰した。

治安のよくないことは、逆に好都合ともなる。たちのよくない連中の死は当局の関心を強く引き起こすものではなく、当然のことながら、捜査は熱心に行われなかった。

バーグマンと二人の部下、そして秘密監視人は、無事に出国することができた。

二人の部下、エリックとギルバートは、バーグマンのオーストリア内務省情報部時代からの付き合いである。エリックはバーグマンの直属の部下であり、ギルバートはオーストリア憲兵機動特殊部隊（GEK　COBRA　カウンターテロ部隊）所属であるが、情報部に派遣されてエリックとコンビを組んでいた。

バーグマンがダッハシュタイン銀行に移る時、二人はタウエルン社に残った。バーグマンがあえて残したといったほうがよい。その後も二人は、バーグマンからの特別な依頼を引き受けた。このことは、タウエルン社も黙認していた。

あの日、バーグマンが村外れで会ったのは、この二人であった。

その翌日に、ギルバートはウィーンを発ってフィリピンに一旦立ち寄った後、二人の男を連れて日本に向かった。

四十

二週間後のお盆休み終盤のUターンラッシュの頃、清水谷如水、山岸健也、秘書を兼ねる看護婦・白河由美の三人は、ウィーン国際空港に降り立った。八十三歳の清水谷如水には、壮健であるといっても飛行機の長旅はこたえる。その日は休養日にし、ホテルで、清水谷は白河から背中のマッサージを受けた。

背骨の中には、脳の延長である脊髄が通っている。この脊髄からは、背骨を形成する二十四個の椎骨の間を通って三十一対の脊髄神経が出ている。この神経は、筋肉に運動の指令を出す運動神経、感覚の情報を脳に伝える感覚神経、内臓の働きをコントロールする自律神経からなっている。

白河由美は、体の根幹部である背中のツボを指圧で柔らかくもみほぐした。

翌日、清水谷如水はオーストリア最高裁の元判事とランチをともにし、旧交を温めた。とはいっても、かつて国際会議で何度か一緒になった程度で、これまで深い付き合いはない。清水谷からの突然の電話に元判事は驚いたが、会うことに快く応じてくれた。引退して余暇を楽しむ生活を送っているとはいえ、心の広いおおらかな性格である。清水谷は、それを見越していた。

アルコールと食事は人を打ち解けたものにする。さらにお土産が効果をもたらした。お土産を貰って嫌な顔をする人は希である。それは、月のしずくとも人魚の涙とも称される真珠であった。真珠は全く同じものはないが、そのネックレスは同質の粒ぞろいで、一万ユーロ以上はする高級品であった。貴金属・宝石類に目の肥えた元判事は、一目でその価値を見抜いた。

清水谷は頃合をみて、話題をトゥワイスの高級別荘地に振り向けた。ダッハシュタイン銀行の名は知らなくても、その別荘地のことはオーストリア人なら知っている。清水谷の魂胆を知らぬ元判事は、その話に乗ってきた。

「一度、観光のついでに、どのようなところか見たいのですが」

清水谷は、東大助教授時代に一年間ほど西ドイツに留学しており、ある程度、ドイツ語は話すことができた。当時、イギリスと西ドイツの選択肢から、西ドイツ留学を選んだ。清水谷の心の深層部にある旧軍時代の同盟意識が働いていた。

「私がご案内しましょうか?」

清水谷は、元判事からその言葉が出るように仕向け、それを待っていた。

「そうして頂ければ助かります。運転は秘書が行いますので」

清水谷は、横の山岸を見た。山岸には二人が話す内容はわからないが、話題が自分のことであることぐらいは察知でき、笑顔を向けた。

(しかし、先生のこのような笑顔と優しい声、これまで見たことも聞いたこともない。これが演技だとしたら……すごい人だ)

「では、明日にでも」

元判事がこれまで持っていたある種の義務感は、すでに心からの歓迎に変わっていた。それは、清水谷が期待した以上のものであった。


翌早朝、元判事夫人も加わり、市民ホール近くのウィーン西駅からリンツに向かった。特急で二時間ほどである。飛行機に飽きていた清水谷ら三人には、列車の旅は心地よかった。リンツでレンタカーを借り、ドナウ河沿いやトゥワイス周辺をドライブした。目的としていた別荘地帯はフェンスで囲まれ、通用門ではガードマンに制止されて入れなかった。

その夜、一行はトゥワイスのホテルに泊まった。

「しかし、なかなか日本ではお目にかかれない雄大な景観でした。山紫水明のこの地、非常に気に入りました」

「それに、ここのワインもうまい」

元判事は、ワインにしたたか酔っていた。

「ところで、別荘地がどのようなものか、中を少し見たいのですが、ご紹介頂けませんか？」

「うーん、私では……、そうそう、少しお待ち頂けますか」

真顔になった元判事は、席を外して公衆電話に向かった。

「ある人に頼んでみました。もし、ＯＫならばこちらに電話がかかって来ます」

十分ほどして戻って来ると、元判事は上機嫌に言った。

四十一

翌日の午前九時、五人はダッハシュタイン銀行を訪れた。老舗だけに、歴史が醸し出す重量感は、訪問客を圧倒するものがあった。

清水谷如水のステッキに仕込まれたステンレス棒がX線に写ったが、保安員が簡単に調べてすぐに返した。誰もこのような老人が怪しいとは思わない。

五人は受付でゲストカードを受け取ると、案内係の先導で四階の役員応接室に行った。元判事夫妻からは当初の観光気分はすでに消え、言葉も少なく緊張していた。

(三雲から一通り聞いていたが、かなりなものだな)

ノックの後、ドアが開くとジャーマン・シェパードが勢いよく飛び込んで来た。いつもならば来客の周りを一周するが、近寄らずにシュルツ頭取の背後に隠れた。その愛犬の様子を気にする素振りも見せず、シュルツは五人を見回し、笑顔で挨拶をした。

（どこか、おかしい。何かに怯えているようだ）

シュルツは、五人の来客を笑顔で観察しながら考えていた。

（あの若い男か、鍛えた体をしているようだが）

手を見れば、普段の生活ぶりや鍛え方がある程度わかる。山岸健也の手指は、普通ではなかった。

「突然、このようにお邪魔することになりまして……」

そのように話す清水谷如水は、まさに好々爺である。その横には、白河由美が美しい微笑を浮かべて座っている。シュルツには、清水谷の孫娘のように見えた。

シュルツは、山岸に注意を向けた。

（このステッキで奴の頭を叩き割ることはた易いが）

一瞬だがそう清水谷如水が思った時、シュルツの側に伏せていた愛犬が、突然、頭を持ち上げて低く唸り声を上げげた。明らかに怯えていた。

シュルツはすぐに愛犬を宥め、そして清水谷如水を鋭く見た。シュルツも清水谷が一瞬発した強い「気」を感じた。

「気」は、磁場・光・赤外線などとして科学的に観測され、完全に解明されていないが存在はする。「気」は、物理的エネルギーがあったとしてもごく微小である。「気」で物体を持ち上げることはできないが、人体に対しては、「信号」として大きな影響力をもつという。「気」を送られた人がはね飛ばされたりするのは、「信号」を受けた人の側がそのエネルギーを出しているのである。

両巨頭の視線が激しく衝突するかに見えたが、清水谷の「瞳」は、シュルツの強い視線を柔らかく吸い込んだ。

(この老人は、一体何者だ。……昨夜の蔵相の電話で、日本の最高裁の元判事が別荘を購入したいというので会うことにしたが、これからどうするか……)

シュルツの頭に、いろいろな考えが瞬時に巡った。今ここで丁重に断るほうがよいことはわかっていた。そうすることは簡単だが、なぜか目の前の老人に惹かれた。それだけの魅力を清水谷如水は持っていた。

(少しだけ付き合ってみるか)

警戒心よりも好奇心が勝った。バンカーとしては、直感を優先すべきであった。

一時間後、シュルツ頭取は五人の来客を別荘地帯に案内していた。シュルツ頭取の専用車の先導で、五人が乗るレンタカーが後についた。シュルツの横には、通常は同乗しない保安部長のバーグマンがいた。

朗らかな元判事夫妻の存在は大きく、和やかなうちに見学は終った。清水谷は、別荘の購入ができない旨を丁重に詫び、その夜、五人はウィーンに戻った。

翌日、清水谷如水ら三人は、別れを惜しむ元判事夫妻の見送りを受け、オーストリアから出国した。その一部始終を保安部員が空港で見届けていた。

「先程、三人は出国しました」

バーグマンからの報告を受けると、シュルツは受話器を静かに置いた。シュルツは、バーグマンに清水谷の監視を命じていた。

シュルツは、電子メールの続きを読み始めた。それは、清水谷如水の主な経歴である。昨日、草風建設のシュレーダ副社長に調査を依頼していた。

(元帝国陸軍将校か……、あれはそのせいか。気にすることはなかったか……)

それから十日間ほどが経ち、あの老人のことなど忘れていた頃である。

シュルツの館は、トゥワイス高級別荘地帯の中でも一番広大な敷地を占めている。いつもの出社のため一般道に出てしばらくすると、フロントガラス一面が突然真っ黒になり、視界を遮断した。黒ペンキの入ったビニール袋が投げつけられたものであった。運転手は狼狽し、専用車は道路脇の樹木に突っ込んだ。

衝突の約〇・〇一五秒後に、エアバッグは急速膨脹を開始した。シートベルトを掛けていない助手席のボディーガードは、エアバッグの強度と耐衝撃性を有するナイロン66製布の急激な展開力で顔面を強打した。約〇・二秒後、窒素ガスで一五〇リットルまで膨らんだエアバッグは、収縮してしぼんだ。数秒後に意識を取り戻したボディーガードは、緊急ボタンを押し、足元に落ちたヘッケラー&コッホMP5Kを拾おうとした。そこに目出し帽の男が走り寄り、助手席の窓ガラスと後部ドア取手部にタバコ箱状の物を貼り付けた。それは、雷管・導爆線とタイマーがセットされたプラスチック爆弾であった。ボディーガードはそれを見て、咄嗟に放心状態の運転手の足元に潜り込んだ。タイマーは六秒に設定されており、正確に爆発した。

ボォーン！　ボォーン！

厚さ三センチの防弾ガラスは砕けてこぶし大の穴が開き、車内にも爆風とガラス片の一部が吹き込んだ。ボディーガードと運転手は、その衝撃で無力化した。

後部座席のシュルツは、額から血を流しソファーでグッタリとしていた。男は鍵の壊れた後部ドアを開けると、シュルツの後頸部に人差し指を突き立て、第三頸骨と第四頸骨の接続部を砕いた。

ボディーガードは運転手の体を盾にして爆風の直撃を防いだが、鼓膜は破れていた。朦朧とした状態でゆっくり起き上がり後部座席を見ると、目出し帽の男がシュルツの上にのしかかっていた。すぐに自動拳銃SIGを男に向けようとしたが、すでに、それに気付いていた男は、二本貫き手をボディーガードの喉に入れた。指は喉の軟骨を砕き、気管を突き破った。ボディーガードは目を剥き、口を開けたまま呼吸を停止させられた。男が指を抜くと、ボディーガードは口と喉からゴボゴボと血の泡を噴き出した。

ボディーガードが押した緊急ボタンは、館の警備室とダッハシュタイン銀行中央監視室に通報されてはいなかった。樹木に激突した衝撃で、発信機が破損していたのである。これが男の逃走に幸いした。

リンツ警察本部は、プラスチック爆弾の取り扱いに習熟したテロリストと推測した。確かにシュルツ頭取は狙われてもおかしくはない立場と状況下にあった。凶器は銃ではなく先の鋭い鉄棒のようなものと思われ、そのことに何か意味があるのか、疑問がもたれた。現場のタイヤ跡から、犯行に使用された盗難車がリンツ市内で発見されたが、指紋・遺留品など手がかりになるものは何もなかった。

バーグマンは、いつもの「勘」から清水谷如水ら日本人三人が怪しいと警察に進言した。警察は空港の出入国リストを調べたが、それらしき該当者はなく、清水谷如水が元最高裁判事であることから、捜査対象外とした。

四十二

「よくやってくれた」

清水谷如水は、山岸健也を労った。

山岸健也が人を殺したのは、今回が初めてである。強い義務感・使命感により自ら志願したとはいえ、殺人行為をどのように思い、悩み、実行したことか。これ以外、他に方法はなかったのか。それを思うと、さすがに清水谷如水も、山岸健也の目を正面から見ることができず、目を瞑った。

偽造パスポートとプラスチック爆弾は入来が準備した。プラスチック爆弾の取り扱いは、爆発物のプロが相模湾沖の漁船上で山岸に教えた。簡単な変装は、その道のプロから教わり、それをパスポートの写真にした。特殊班が全面的にバックアップしていた。現地トゥワイス周辺の下見は前回の旅行で入念に行われており、あとは山岸健也一人の、器量・技量にかかっていた。

四十三

シュルツが殺害されて二日後の夜、バーグマンは二人の部下と日本にやって来た。

例の事件の捜査は難航しているが、バーグマンは最初から清水谷如水が怪しいと睨んでいた。口を割らすことは、バーグマンの得意とするところである。

（あの老人に、あれが耐えられるかな）

ギルバートは一度来日しているが、バーグマンとエリックは初めてである。拳銃は、あの時と同様に分解して、シュレーダ副社長宛の小包の中に巧妙に隠していた。何も知らないシュレーダは、ダッハシュタイン銀行保安部長であるバーグマンからの指示で駅のコインロッカーにその小包を預け、キーをキングホテルに宿泊のギルバート宛に偽名で送っていた。

清水谷如水を三日間慎重に尾行して周辺を調査した結果、行動パターンや東京の地理はある程度摑めた。バーグマンは、おおよその計画を立てた。

(一度、リハーサルをするか)

(あと三十分か)

エリックは腕時計を見た。午後九時で今日の監視は終りになる。

その時、ウインドーガラスを軽く叩く音にドキッとなった。顔を振り向けると白バイの青い制服警官が覗いていた。

(いつの間に来たのだ。気が付かなかった。駐車違反か)

エリックは平静を装って、ウインドーガラスを開けた。

「Your name ?」

口元を歪めながら警官が聞いた。

「Hans Eric」

エリックが素直に答えると、警官は車から出ろと手で指図した。ドアを開けて出ようと上体をわずか下に向けた瞬間、後頭部に手刀が入って昏倒した。

エリックの意識が戻った時、何も見えず、何も聞こえなかった。口にテープが貼られ、耳栓をされ、その上、頭から黒い布袋を被されていた。両手・両足は縛られ、狭い中に閉じ込められていた。その振動から車のトランクの中であることは想像できた。視覚・聴覚が完全に遮断されると判断能力が麻痺するだけでなく、恐怖心が倍増する。これは、後で行われる尋問に効果をもたらした。エリックは、蒸れる狭い中で震えていた。

その頃、ギルバートは東京駅地下のコインロッカーから小包を取り、手提げの紙袋に入れた。今回は殺しが目的ではないので、分解された拳銃の部品は一丁分しか送っていない。

キングホテルは、皇居・桔梗堀の向かい側にある。ギルバートはゆっくりと丸の内のオフィス街を歩いた。土曜日なので人通りはほとんどない。日本は夜でも安全なことは、前回でわかっていた。あと三〇〇メートルほど歩けばホテルに着く。ギルバートの緊張が一瞬緩んだその時、ビルの陰から人がすっと現れた。ギルバートが反射的に身構えた時には、男は音もなく目前にすり足で迫っていた。その手にキラッと小さく光るものが見えた。ギルバートの目は、本能的にそれにくぎ付けになった。ギルバートは咄嗟に紙袋を盾にしようとしたが、男の手がTシャツから伸び出た長い首に軽く触れた。ギルバートには、軽く撫でられたようで痛みは感じなかった。しかし、すぐに首から流れる生暖かいものに気付いた。頸動脈が切られていた。紙袋を放し、傷口を強く押さえたが、血は手からあふれ出た。視界が急にかすみ始め、助けを呼ぼうとするが、うめき声しか出ない。ギルバートは、ふらつきながらゆっくりと崩れるように倒れた。そして、死を意識することなく静かに死んだ。

その男は、走り去ることなく普通に歩いていた。スラックスのポケットに入れた右手の人差し指と中指の間にはカミソリの刃が挟まれており、ずれないようにテープで固定されていた。近くを走行したタクシーの運転手には、二人の間に起こったことなど、何もわからなかった。

バーグマンは、ホテルの部屋でテレビを見ながら缶ビールを飲んでいた。話している内容は全くわからないが、気を紛らすのにはちょうどよかった。

午後十時のNHKのニュースでは、キングホテルの近くで外国人が殺害されたことを伝えていた。バーグマンはベッドで何気なく見ていたが、キングホテルの名前が出たうえ、オフィスビルや通りの映像などから、この近くで殺人があったことはわかった。二人から報告の電話がないことが、気にはなっていた。すぐにエリックの部屋に電話をした。

(まだ、戻っていないのか)

次にギルバートの部屋にかけたが、やはり出なかった。

バーグマンら三人は、お互い無関係を装い、各人が個々に身分を偽りチェックインしていた。決断は早かった。危険を察知したバーグマンは、すぐに着替えてチェックアウトをすることにした。

(明日の朝、ロビーで二人を確認すればいい。今夜は別のホテルに移ろう)

バーグマンは電話でホテルを予約した。緊急時に移るホテルは、すでに決めていた。

(俺がいない場合の対応は、二人ともよく分っているはずだ)

バーグマンは、常にバックアッププランを綿密に立てていた。

フロントで精算を済ませると、正面玄関で待機しているタクシーに乗った。

翌朝、バーグマンはいつもの時間にキングホテルのレストランで朝食をとり、二人を探したが、二人とも来なかった。次第にロビーには、刑事や報道関係者が出入りして慌しくなってきた。

（やはり、二人とも殺されたのか）

朝のニュースでは、エリックのことは触れていなかった。エリックの水死体が三浦半島の海岸で発見されるのは、それから三時間後のことである。エリックは、知っていることのすべてを話していた。

バーグマンは、皇居外苑に向かって歩いた。キングホテルから離れることができれば、どこでもよかった。

（すぐに日本を発ったほうがよさそうだ。態勢を立て直すことにするか）

警戒モードに入っていたバーグマンは、すでに周囲に何かがまとわりついているのを肌に感じていた。

昨夜移ったホテルに一旦戻って荷物を取り、部屋を出た時、男が廊下に立っていた。

（お前は……）

山岸健也が会釈をして、ゆっくりと近づいて来た。

（頭取を殺したのは、この指か……）

バーグマンは、喉を押さえながら意識が遠くなる中で、そのことに気付いた。

四十四

バーグマンとその部下は、清水谷如水を尾行し始めたその日に、清水谷を密かに警護する者に感付かれていた。バーグマンは、日本では白人は目立つことを計算に入れていなかった。

バーグマン達は逆に監視され、身元を調査された。


「わっひゃひゃひゃひゃ」

清水谷如水の高笑いが奥座敷に響いた。

「もう、これでダッハシュタインも手出しをせんだろう」

清水谷は、満足そうに入来と山岸の顔を見ながらお茶を飲んだ。

「念のため、しばらくはこの警護態勢を続けます」

入来が言った。

ダッハシュタイン銀行は、シュルツ頭取、アンベルク取締役の二人を相次いで失い、莫大な資産がありながら経営危機に陥った。フリードリッヒ・フォン・シュルツの実妹マリア・フォン・アンベルクが頭取代行に就任し、財務部長を取締役に引き上げて再建を図ったが、シュルツの有形無形の穴は、すぐに埋まるものではなかった。

四十五

九月十一日、ニューヨークの世界貿易センタービルなどへの旅客機自爆テロが起こり、この日から、テロは無制限・無差別・大量破壊の領域に入った。

カスピ海北方ルート一部複線化工事は、テロの影響をほとんど受けなかった。ミュンスター・草風建設JVによる、パイプライン建設に伴う土木工事計画は進められた。

マリア・フォン・アンベルク頭取代行は、ダッハシュタイン銀行の現状維持を最優先し、草風建設に手をつける余裕はなかった。ミュンスターのブラウェン社長は、シュルツの呪縛から逃れられ、内心安堵していた。

草風建設の椎名社長は、十二月初めの取締役会で相談役に退いた。後見人の草葉相談役亡き後、その資質に対する周囲からの強い反発によるものであった。後任には、関七ユニオンバンク出身の専務が社長に昇格し、シュレーダ副社長は留任した。

倉橋秀樹は、草葉貞宗が娘婿に選んだだけに非凡な能力があり、草葉一族ではあるが取締役に昇格した。

優秀なエンジニアであった草葉貞義は、パイプライン建設工事の開始とともに現地責任者としてロシアに渡った。リストラで優秀な技術者を一度に多量に放出した人的不足による措置であるが、貞義がビルメンテナンスの社長の地位を捨て、強く嘆願した結果でもある。

しかし、実のところ、貞義はしばらく日本を離れて、この一年間の様々な出来事から逃れることのできる「別の世界」に身を置きたかった。それは、「逃避」と「チャレンジ」が混在したものである。

ジョージ・馬場ことジョージ・ウィルソンは、アメリカに戻ってから行方不明のままである。父・貞義への連絡は一度もない。

三雲勝則は、十月末の衆院補欠選挙で快勝し、すぐに日本飛翔会に入った。しかし、国豊会については、故・勝也からこれまで何も聞かされず、まだその存在を知らない。

丸目亮は、後少しの間、刑務所暮らしである。

鴉丸組若頭・村瀬重秋は、身代わりが成立したためサムソノフ殺害の容疑者にもならず、二代目・丸目順三を補佐している。

武拳大竜館殺人事件は、迷宮に入りかけている。

一時はその容疑者になりかけた末堂毅は、これまでの波乱万丈の生活から一転し、穏やかな引退生活を送っている。

猪狩雄治は、武拳大竜館事件の捜査対象外であり、毎日、街頭活動を行っている。あの顎に重傷を負った男は、快復後、猪狩から東京をしばらく離れるように指示され、九州の実家に戻った。

佐倉次郎は、平河町の三雲勝則事務所で第二秘書として働いている。

「丸目さん、電話です」

コピーをとっていた丸目珠代は、小走りに自分の机に戻った。

「どうもすみません」

同僚に礼を言って受話器を受け取った。

「佐倉です。ご無沙汰しています」

懐かしい声が聞こえた。

「突然、仕事中に申し訳ありません」

「いえ、そのようなことは……」

珠代の美しい顔のどこかに潜んでいた陰影が、急速に消えていった。それは、傍目にもわかるほどであった。

完

◎この作品の登場人物、団体、出来事はすべてフィクションです。また、技術的記述にも、一部空想を交えております。

参考文献及び引用文献

インターネットサイト、日本経済新聞、日経産業新聞、日本機械学会誌、雑誌の記事以外に、次の文献を参考とし、一部引用させていただきました。

『日本陸軍史』生田 惇、教育社
『日本の参謀本部』大江志乃夫、中公新書
『連合艦隊の最後』伊藤正徳、文芸春秋
『かくて昭和史は甦る』渡辺昇一、クレスト社
『戦艦「大和」の建造』御田重宝、徳間書店
『戦艦大和』（上）児島 襄、文春文庫
『素顔のリーダー』児島 襄、文春文庫
『一死、大罪を謝す』角田房子、新潮文庫
『実録 剣道三国志』原 康史、東京スポーツ新聞社
『人物「中国の歴史」』7 責任編集・陳 舜臣、集英社
『歴史の中の日本』司馬遼太郎、中公文庫
『「明治」という国家』司馬遼太郎、日本放送出版協会
『武将列伝』（中）（下）海音寺潮五郎、文芸春秋

『国際情報』落合信彦、集英社
『アメリカの内幕　世界の展望』大森　実、徳間書店
『赤い楯』（下）広瀬　隆、集英社
『世界王国論』草柳大蔵、角川文庫
『スイス銀行日本支店』豊田行二、廣済堂文庫
『自衛隊』朝日新聞社
『日出づる国の米軍』飯田守他、主婦の友社
『日本警察インサイダー』鈴木卓郎、グリーンアロー・ブックス
『大国の興亡』（上）ポール・ケネディ、鈴木主税(訳)、草思社
『戦争と平和』アルビン・トフラー、ハイジ・トフラー　徳山二郎(訳)、フジテレビ出版
『ナチスの時代』H・マウ、H・クラウスニック　片山　敏(訳)、岩波新書
『ノー・モア・ベトナム』リチャード・ニクソン　宮崎　緑・宮崎成人(訳)、講談社
『リアル・ウォー』リチャード・ニクソン　国弘正雄(訳)、文芸春秋
『秘密工作者たち』スティーブ・エマーソン　落合信彦(訳)、集英社
『憂国のスパイ』ゴードン・トーマス　東江一紀(訳)、光文社
『ブラヴォー・ツー・ゼロ』アンディ・マクナブ　伏見威蕃(訳)、早川書房
『ボディーガード』トニー・ジェラティー　加藤　隆(訳)、時事通信社

『ガリレイへの道』1　吉羽和夫、共立出版
『ニュートンの秘密の箱』　小山慶太、丸善
『西洋科学史』Ⅲ　シュテーリヒ　菅井準一・長野敬・佐藤満彦(訳)、現代教養文庫
『エントロピー入門』　杉本大一郎、中公新書
『エントロピーの経済学』Ｈ・ヘンダーソン　田中幸夫・土井利彦(訳)、ダイヤモンド社
『エントロピーの法則』ジェレミー・リフキン　竹内　均(訳)、祥伝社
『ペーパー・マネー』アダム・スミス　風間貞三郎(訳)、ＴＢＳブリタニカ
『マネジメント・フロンティア』
Ｐ・Ｆ・ドラッカー　上田惇生・佐々木実智男(訳)、ダイヤモンド社
『マーケティング22の法則』
アル・ライズ、ジャック・トラウト　新井喜美夫(訳)、東急エージェンシー
出版部
『知的生活』Ｐ・Ｇ・ハマトン　渡辺昇一・下谷和幸(訳)、講談社
『物理の散歩道』ロゲルギスト、岩波書店
『飛行機はなぜ飛ぶか』近藤次郎、講談社
『船の科学』吉田文二、講談社
『精神分析入門』宮城音弥、岩波新書

『性格』宮城音弥、岩波新書
『直観力』新崎盛紀、講談社現代新書
『禅のすすめ』佐藤幸治、講談社現代新書
『勝つ極意 生きる極意』津本 陽、講談社文庫
『日本剣客伝』一 南條範夫・池波正太郎、朝日新聞社
『青春論』亀井勝一郎、角川文庫
『友情論・恋愛論』ボナール 山口年臣(訳)、旺文社文庫
『ビジネスマンのための熟年学』水野 肇、グロビュー社
『頭の健康法』高橋 浩、日本実業出版社
『右脳と左脳』角田忠信、小学館
『右脳革命』T・R・ブレークスリー 大前健一(訳)、プレジデント社
『スポーツとからだ』石河利寛、岩波新書
『格闘技「奥義」の科学』吉福康郎、講談社

著者プロフィール

八木　悟（やぎ さとる）

1951年生まれ。大阪府出身。
岡山大学卒業。

殺戮の渦

2003年4月15日　初版第1刷発行

著　者　八木 悟
発行者　瓜谷 綱延
発行所　株式会社文芸社
〒160-0022 東京都新宿区新宿1－10－1
電話 03-5369-3060（編集）
03-5369-2299（販売）
振替 00190-8-728265

印刷所　株式会社平河工業社

ISBN4-8355-5546-5 C0093